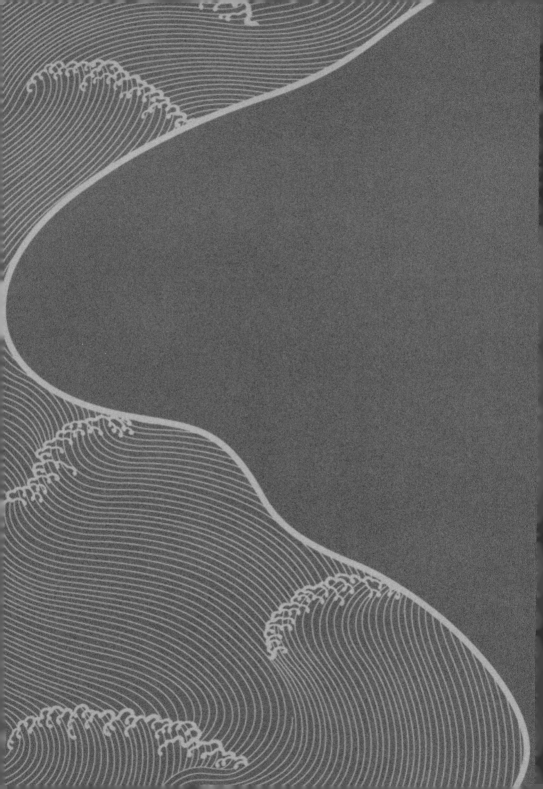

人間條件3
台北上午零時

編劇·導演 吳念真　演出·製作 綠光劇團

人生規劃中的意外

吳念眞

　　「人間條件」系列的舞台劇對我來說，完全是人生規劃中的意外。

　　這樣說好了，我始終不覺得「劇場」是一種專屬於「菁英」的藝文活動形式。我始終記得四、五歲的時候，祖父背著我翻山越嶺到九份昇平戲院看「新劇」的經驗。五十年前的舞台上出現的火災特技場面，以及歸途大雨，祖孫兩人躲在有應公祠躲雨，看著雙層的彩虹在天邊淡入的瑰麗景象。

　　我始終覺得，是一些太自覺為「菁英」的創作者，用很「菁英」的作品把多數的觀眾給隔絕在劇場之外。

　　說我通俗也好，我還是頑固地認為，唯有把新的觀眾給拉回劇場，是活絡劇場的第一要務。因為有足夠的觀眾，劇場工作者才有足夠的資源、熱情去從事多元的創作。

　　「人間條件」第一部就是在這樣的心情下做出來的，成果還算不壞。觀眾很熱，演員也很開心，可以了。

　　當然，如果說「通俗劇」就沒有創作意圖的話，那也太

矯情了。這幾年來，我一直希望在自己參與的所有相關工作中，試圖重現台灣某些已被淡忘的傳統性格，以及這個國度裡的人們特殊的情感表達方式。無論廣告、電視節目、電視劇等等，多多少少都有自己這種不自覺的意圖在。

舞台劇當然也是。《人間條件1》我想說的是「了解、溝通與感恩」；《人間條件2》我想說的是「了解、溝通、情義與責任」；《人間條件3》我想說的是「了解、溝通與友情」。

也許你會問我，哪來那麼多了解與溝通啊？

或許，這又是我自己的問題了。因為我老覺得，當傳播工具愈多元、愈方便的現在，其實，人與人之間反而愈冷漠愈隔閡。我希望有個地方能讓一堆彼此或許無關的人聚集在一起，看著舞台上某些部分與自己其實相當類似的經驗，一起歡笑一起流淚。如果一場之中有幾個人可以在走出劇場之後，把心打開一點點，那我覺得一切就都值得了。

【劇評】

認命過活才是最重要的幸福

于善祿‧台北藝術大學戲劇系講師

　　不知是湊巧還是刻意，開場戲的拆除違建竟與劇院外的拆除「大中至正」相互呼應，原本企劃案裡的「故事大綱」其實並沒有提到這場戲，只說「多年前，有一首台語歌，歌名叫『台北上午零時』」，大綱最後則只提問「最後女人（按：女人由黃韻玲飾）會愛上誰？嫁給誰？或者……根本不是他們任何一個？」這是作家吳念真說故事常見的手法，以一首歌曲帶出記憶與歷史，一群小人物的故事就此展開，最後則留下開放或迴旋的結局，讓作品繼續縈繞在讀者或觀眾的腦海之中，三日不去。

　　吳念真在接受記者訪問時，他說，「我一向對政治沒有興趣」，但是演出的這個禮拜正巧碰上「大中至正」拆除糾紛，工作人員、演出人員、觀眾統統像是進出「圍城」一般，層層盤問，諸多不便，搞得吳念真百感交集、五味雜陳，竟在首演場的謝幕舞台上哽咽難語，戲裡戲外都是情真意切啊！

這個故事主要牽涉到三個從南部到台北鐵工廠當學徒的年輕人——阿生（陳竹昇飾）、阿榮（林木榮飾）、阿嘉（林聖加飾），同時喜歡上了隔壁麵攤老闆娘（林美秀飾）的外甥女阿玲（黃韻玲飾），在那樣淳樸含蓄的年代裡，三個年輕人既覺得阿玲喜歡的一定不是自己，卻又覺得自己要有所表現，讓阿玲能夠喜歡自己。

　　故事中所下的最具戲劇性的猛藥是，令鐵工廠的老闆（李永豐飾）性侵犯了阿玲，導致阿榮怒殺了老闆而下獄九年；阿玲堅持生下小孩，但卻怕未婚生子，受人嫌話，於是與阿嘉成了法律名義上的夫妻，阿嘉也因此去做了結紮手術；阿生則持續地以阿玲的名義寫信給獄中的阿榮，給他打氣，讓他一直抱著希望，直到出獄。

　　多年後，當這些小人物再次相聚，雖有人事已非的惆悵，但是深鎖在內心的情感與秘密也一一打開，對錯過的情緣與人生彼此釋懷，並不約而同地將最美最純真的回憶永遠存放在各自的心頭，認命地過活才是人生最重要的幸福。

　　常常在換場時，左下舞台的平交道號誌就會閃爍，並有火車駛過平交道的音效，我覺得這不只是簡單地切合劇名而已，「火車」其實可視為該劇的重要象徵：倘若仔細地聆聽其重逢相聚後之間的對話，經常會出現「我這世人……」的句型，彷彿將一輩子的心力與情感投注在某些人與某些事上頭。這是一種對人生的全力以赴，就像火車賣力地行駛在軌

道上一樣，偶有和其他列車相會、或者在同一車站暫歇，但隨即又繼續往前行駛；人生就像在車窗外飛逝的風景一般，無法再重新來過。

　　寫實的戲雖然還是假，但是演員的情卻真，一場阿秀要阿嘉發誓照顧阿玲的戲，表演上雖然有點呼天搶地，但是卻賺了觀眾不少熱淚；不單觀眾看這齣戲是哭了又笑，笑了又哭，連台上的演員也是一把鼻涕一把眼淚的，老早將劇場外的政治紛擾丟棄到一邊。常有人覺得（或者我自覺）寫評論的肯定理性冷酷，但我得說，這齣戲我也常常看得喉頭哽咽，熱淚盈眶，除了人物和故事之外，我也深深感慨台灣這樣純真的年代早已消失！

（選自網路新聞台LULUSHARP）

充滿愛的人間條件3

唐立淇・星座專家

　　就在中正紀念堂吵嚷著拆除牌匾、鬧得最兇的那一天，我去國家劇院看了一齣有史以來，我覺得最好看的舞台劇《人間條件3》。

　　由吳念眞編劇、導演，綠光劇團演出，我坐在二樓的包廂，與舞台距離有點遠，眼睛不太好的我其實看得很吃力，但舞台劇的魅力就在這裡，透過聲音、舞台光影與演員清晰的口齒，絲毫沒減損我必須接收到的感動。那種很台灣的，既含蓄又奔放的美，讓每個人笑中帶淚。舞台劇在此一點也不布爾喬亞，因爲組成這齣戲的所有元素都來自庶民生活的點滴，就在你我身邊，善良人們的細膩情感轉折，令人動容。提醒了在紛爭場地裡看戲的我們，拋卻偏見吧，在這純樸的土地上，曾有著這麼一群純眞的人，用他們的方式表達自己對這塊土地的人的深愛，含蓄得如此高雅，情操如此高貴，可以捨棄自己只爲了成全他人。

　　我眞的要讚美念眞桑一下，他寫劇本的功力眞的已臻化

境，整個戲的布局結構，台詞傳達得精確，都已經到了經典的境界。而我猶記得黃韻玲跟林美秀來我們節目宣傳時，還提到劇本尚未趕完，因為導演自我要求太高了，才不過多久時間，這齣戲不但完成，而且結構如此嚴密好看，我只能說，念真桑，有你這麼棒的編導，可以證明好人才真的不是學校生出來的，而是一個人的人格特質使然。是他的認真與溫厚，才能讓溫暖傳遍每個人心中，讓感動化成經典。

　　哎，我不會形容這齣戲啦，只是一個勁兒的感動，你們一定覺得我說話沒頭沒尾，但是我認真要用力推薦這齣好戲。相信我，這是一齣媲美電影的好戲，我只能用太划算來形容這次觀戲的經驗，大家一定會感謝我的推薦的，呵呵。

　　另外，我真的覺得，變動宮真的都是超棒的好演員，雙子座林美秀、雙魚座李永豐、處女座羅北安的演出真的讓我歎為觀止，他們充分發揮了演員最需要的特質——把自己拋開，盡情融入劇中人物的喜怒哀樂，看他們的演出真的好過癮，像我這種自我這麼強的、站到台上便一直在意「自己表演得如何」的人，是無法達到他們這種境界的。所以啊，我雖然也是劇場出身，但還是乖乖地做自己就算了，上台演講或發表感言就好，若要演戲，也要演跟自己很像的人才行得通吧？哈哈哈！

　　噢，基本宮的小玲也演得很棒，不過她的角色很含蓄，

一如基本宮的特質，所以就有不夠搶眼之嫌，尤其我又距離舞台這麼遠，她的細膩表情我就看不到了，眞的好可惜喔。還有柯一正柯導，他的角色是坐牢的文謅謅老頭，超傳神、超爆笑的，我懷疑他是變動宮（不知道他的星座說），因爲他實在太會演了。

（選自奇摩部落格：唐立淇星座部落格）

誰能掌握永遠的眞情人間？

傅裕惠・劇場導演、劇評人、台大戲劇系兼任講師

　　儘管直覺這次綠光劇團編導吳念眞在節目冊中所寫的那幾段話是衝著像我這樣的劇場人而來——「是一些太自覺爲『菁英』的創作者，用很『菁英』的作品把多數觀衆給隔絕在劇場之外」，我還是必須肯定綠光劇團耕耘所謂「國民戲劇」的嘗試——如果是長期耕耘的話。然而，當我身處在「國家戲劇院」這樣的看戲情境裡，即使被台上搬演舊時鐵工廠外、麵攤內的人情世故所吸引，我還是會聯想到有一批眞的還在鐵工廠掙扎、在顧麵攤而奮鬥的「觀衆」，也許一時無法或永遠不可能進來這座劇院，而感嘆台上、台下的格格不入。

商業型劇場罕見的創作選擇

　　我寧可相信創作者的動機是爲了表態自己的誠意與純粹。

人間條件3 011

從一首戰後創作民謠「台北上午零時」而延伸出這次「人間條件系列第三部」作品，創作群大膽地刻劃了一個關於一座形同廢墟的台北城過去的故事。「紅綠燈」化成台前警示／警世的平交道號誌；路邊菸酒直接轉為「路邊麵攤」；「深更談情」的是那對深情不表卻相守終身的中年男女（分別是演員羅北安飾演的山東仔與林美秀飾演的阿秀）；「一見鍾情彼日起」串連了四個男女彼此之間關於友情與愛情的人生點滴。台北城市令人感傷、教人多愁，而且分明齷齪。我很佩服在商業票房壓力下的吳念真，在作品系列一、二的人間悲喜劇後，敢於描繪這麼灰色、壓抑甚至悲慘的台灣生活；現場觀賞《人間條件3》的首演，體會了這齣戲情節醞釀的深沉緩慢，相信應該是這類所謂訴求大眾的商業型劇場罕見的創作選擇。

　　《人間條件3》談的是一個時代台灣人掙扎求生（Survival）的故事；台詞的生動幽默與寫情的真切誠懇，絕對是吳念真獨步的創作才華——從電視媒體經常曝光的廣告就足見吳導親民的魅力。相較於一般商業型或大眾劇場的創作概念，《人間條件3》細節豐富的寫實場景——諸如擺了一張上下舖的床加一張單人床、開放的二樓宿舍與門窗封閉、教人看不清內幕的一樓鐵工廠，幾乎都能找到背後象徵的設計概念，而路邊攤的一景一物，其實也透露了設計者的人文關懷。

全劇第五場、第七場、第八場與第十一場鐵工廠麵攤外的情節和表演，不僅是關鍵性的轉折場景，演員在壓抑的互動下，更能揮灑「要人命」真情詮釋；比如阿秀以下跪的方式懇求三個年輕人保守阿玲被糟蹋的秘密，或是阿嘉以結紮手術表示自己對阿玲的尊重和對友誼的尊敬等等。即使表面看來全劇是在指控台北城市的齷齪，但骨子裡凸顯的卻是齷齪時代下底層人的良善與純真。

國民戲劇需要製作，菁英創作也需要保育

首演當晚，我沒有抗拒自己被這樣精采的劇情打動，雖然我更期待下半場的情結鋪陳，不是角色的回顧和什麼都說白的對話而已。想想，所謂的劇場創作「菁英」，的確也該需要反省；然而無可挽回的是一個個時代的結束。有人創作是為了回顧過去的美好，也有人是為了前瞻未來的獨特，殖民者與後／被殖民文化的「混搭」，形成了台灣文化的混亂和錯置。有人希望能不費腦筋地生活，也有人打破了頭都在想雞生蛋、蛋生雞的問題。

我們需不需要像綠光這樣的劇團製作這樣的國民戲劇？當然需要。同時，我也誠懇希望大家都來「保育」創作「菁英」所發芽的「菁英」創作；還不成熟，所以，更需要保育。

（原文轉載自《PAR表演藝術雜誌》181期1月號）

目 錄

人間條件 3

台北上午零時

原 著 劇 本

演出人員

黃韻玲　飾　阿玲

林美秀　飾　阿秀

柯一正　飾　牢友

羅北安　飾　山東仔

李永豐　飾　阿國

 任建誠　飾　中年阿生

 楊士平　飾　中年阿榮

 陳竹昇　飾　阿生

 林木榮　飾　阿榮

 林聖加　飾　阿嘉

2000年初期工程的建地

序場 拆除

燈慢慢亮，鐵道邊破落的小麵攤（2000年初期）。

警察、拆除工人、醫護人員、電視台記者正圍著麵攤。七十歲左右的山東仔站在麵攤前以身體護著坐在輪椅上的阿秀，手裡拿著菜刀以兇狠的眼光看著旁邊所有人，一種類似武打片的對峙，沒有聲音，所有人隨著他的移動而移動。平交道叮噹的聲音忽然響起，山東仔慢慢地似乎回憶起什麼，安靜地聽著，然後用沙啞蒼涼的聲音四處叫道：「……你他媽的，過來啊……保護家園是男人的責任，讓我死在這裡也是一種光榮！我這輩子活得一點光榮都沒有，我感謝你們給我這個機會……來啊……要拆我的房子就踩著我的屍體來拆……（一邊還要關心身邊的女人：不要怕，阿秀，我保護你，我啥大風大浪沒經過……）來啊…….怕什麼？你們這些小王八蛋一輩子也沒打過仗，我給你一個演習的機會……來啊……」

火車聲音由遠而近傳來，一直到幾乎掩蓋山東仔的聲音的時候，

所有警察和拆除工人一擁而上控制山東仔。記者報導的聲音、警察喊叫的聲音，還有山東仔喊著：「大陸土地那麼多，有種就反攻大陸！去大陸搶！」以及阿秀抵抗欲抬離她的醫護人員，一直叫：「這阮厝呢！他大陸不住就是要住這裡呢……」亂成一團。平交道叮噹的聲音持續著。

最後，人群慢慢散開，露出人堆中被抬上擔架的山東仔，他一直掙扎，想接近阿秀，他忽然近乎嘶吼地以很不標準的台語唱起「台北上午零時」這首歌的片段：「……啊……齷齪的城市，台北上午零時……」另一班火車的聲音再度響起。人聲慢慢消失，只剩他的歌聲，最後火車聲音掩蓋了所有一切。燈光漸暗。火車聲音漸漸消失，音樂起。

前面的聲音變成電視機裡傳過來的音效：「在這個城市一個幾乎被遺忘的角落，今天警方派出大隊人馬以及醫護人員如臨大敵一般，不過他們所要對付的並不是什麼通緝要犯，而是一個堅持保護自己經營了將近四十年的包子饅頭店。這是一間已經破爛不堪的違章建築……七十多歲自稱山東仔的老杯杯手持菜刀，不讓任何人接近……警方開始動作了，開始動作了……場面非常混亂非常混亂……非常危險非常危險，我的鞋子我的鞋子……已經被制服了已經被制服了……他在唱歌……竟然唱起歌來了！」

在音樂和電視音效中，有其他聲音進來。

「爸……媽……你倆哪會看電視新聞看到在哭……嗯？這個所在我哪會有點面熟？是不是小時候我去過？還是眠夢的時候看過？我記得……有火車……有切仔麵……還有一個胖胖的女人……不是在笑……就是在流眼淚……」

女：這有什麼好看的？違章建築本來就要拆啊！台灣就是這樣，敢吵敢鬧的被同情……敢大聲的什麼都贏！
男：對有些人來說，這不只是房子，而是記憶，生命到最後，除了記憶，請問你還剩下什麼？

女：每次跟你講話就像跟神經病在講話……

男：妳會這樣覺得，很正常，因爲……妳根本連神經都沒有！

（女人歇斯底里的咒罵：「我怎麼會認識你這種人啊……你根本是心理變態……」）

女：爸……你怎麼整個晚上都在看同樣一個新聞？

男：這個人我熟識……

女：哪有可能……

男：這個所在，我也熟識……

女：啊？你什麼時候去過的？

男：爸爸在那兒……愛過一個人……

女：HO！！！

男：爸爸在那兒……也曾經殺死過一個人……

音樂拉高。

人間條件 302.3

第一場　當初

當初若不是我可憐你，你早就被抓去關到頭毛鬍鬚白了啦，我也不會跟你這個畜生一起過日子⋯⋯

麵攤　60年代晚期

燈漸亮。在上面的聲音音效
中，同一場景重建回60年代晚期。
工廠嘈雜的機器聲音，收音機的聲音：誰點歌給誰聽之類的，
加上當年的廣告。
黃昏，麵攤有人在吃麵，隔壁的包子饅頭店也有人在買饅頭包
子。忽然傳來阿國粗魯之至的罵人的聲音。吃麵的人不時回頭
看。煮麵的阿秀邊招呼客人，不時探著裡頭。

阿國：（髒話請自己加）你爸才一天沒在，你們就給我嗎啡
　　　兼拖沙……三個人舞整天舞沒一個屁出來……你們
　　　這樣叫我後天怎麼交貨……你爸給你吃頭家、睏頭家
　　　娘，每個月還拿錢給你們花，你爸一定是小時候放屎
　　　去涮到你祖公的皇金甕才會衰到替你們老爸老母養你
　　　們這些不成材的東西……你爸若養豬也還有肉可殺，
　　　養狗也會吃屎……養你們這些……會吃shiau而已啦！

阿秀：（一邊煮麵一邊跟看著工廠裡頭的客人說）不好意
　　　思，裡面有一隻畜生在發瘋啦！

客人：沒要緊啦，習慣了，不過你老公好像沒什麼進步，再
　　　罵還是那幾句。啊每個老母他都要給人家怎樣，他是
　　　拿補腎丸當飯吃啊？

阿國：（動手打人的聲音和罵聲一起）這啥？這啥？幹你
　　　娘，你爸是請你來敗家的是否？做壞這麼多！還給你
　　　爸藏！你是故意要把你爸的工廠做倒就對啦！幹你
　　　娘！

阿生：（O.S.大叫）阿嘉，快走啦！

人間條件 3027

工廠中衝出一個襤褸的小工，雙手護著頭，一個工具跟著丟出來。外面所有人都嚇呆了。阿玲也楞了一下。

阿國：（在裡頭又開罵開打）不成猴，全身剝一剝也沒有三兩肉，沒想到這麼帶種，還會顧朋友，叫人落跑，帶種你爸就打你算帳！好膽你不就不要跑！

工廠中跌跌撞撞衝出瘦巴巴的阿生，蹲在地上喘氣。山東仔過來看這兩人，抓著擀麵棍想進去。阿秀拉他說：「你不要去，你做你的生意就好！」

阿國：（O.S.）你怎樣？還瞄我？來啊！看不慣，幹你娘，我們單挑、釘孤支啊！
阿榮：（O.S.）沒啦，我是說⋯⋯你不要沒事就要幹我老母啦⋯⋯我老母過世很久了！
阿國：（O.S.）啊，怎樣？

阿榮：（O.S.）你若要把她怎樣，挖土要挖很久啦！若被警
　　　察抓到，除了強姦，你還會多了一條罪名！
阿國：（O.S.邊打邊講）你娘咧，我都不知道幹你娘還有
　　　罪！什麼罪？
阿榮：（O.S.）盜墓！
阿國：（打罵）盜墓！好好笑，盜墓！你乾脆順便告我姦
　　　屍！把你爸槍殺，讓我落地獄，連你祖媽都一起操！

最後阿榮也跑出來，一邊恨恨地看著裡面，一邊走向其他兩人
探望他們的情況。阿榮看到阿嘉的頭在流血，看向在洗碗的阿
玲那邊。阿玲好像早已看到，快步走過來，把一條手帕拿給阿
榮，阿榮看著她走開之後，才把手帕搗著阿嘉的傷口。阿嘉也
看向阿玲那兒。
阿生一直以一種觀察者的角色看著這一切。

人間條件3 029

阿國：（走出工廠，還是一邊叫罵）你爸是累了哦，不要以
　　　為事情這樣就完了，我跟你們說！你們明天做到死都
　　　要把事頭趕出來，我跟你們說！後天若無法出貨……
　　　我才看你們怎樣吃睏！

山東仔：你好厲害，一個打三個，這麼厲害怎麼不去當反共
　　　　救國軍去反攻大陸？真是浪費了你這樣的人才！

阿國：喂，山東仔，你卡恬卡無蚊我跟你講，你爸很早就把
　　　你點油做記號了……你爸早就在懷疑你跟我老婆的曖
　　　昧關係哦，我跟你說！

山東仔：乀！乀！阿國，有些事是不能這樣瞎說的哦……

阿國：瞎說？啊，心知肚明啦……你若偷吃最好要知道擦嘴
　　　我跟你講，否則哪一天讓我抓到，我一定讓你剩下骨
　　　灰回大陸！

山東仔：那你要準備大一點的骨灰罈，我跟你說！

阿秀：山東仔，有人在發神經，你不要跟著他發瘋！來啦，
　　　裡面坐，吃飯吃麵都有啦！

阿國走向麵攤，阿玲偷偷地把放錢的便當盒拿起來想要拿去
藏，阿國一把連她的手都抓住。

阿國：這你的錢哦，顧那麼緊？

阿玲：（求援）頭家娘……

阿秀：你又拿我的錢要幹嘛啦？我明天是要怎麼買菜補貨
　　　啦？

阿國：拿錢當然嘛是要花，這還要問哦？講你呆看臉就知！
　　　（數著鈔票，然後拿了一張，看看阿玲，從她胸口塞
　　　進去）這張給你吃紅！

阿秀：（生氣）阿國仔，像個人一點好嗎？

阿國：怎樣？吃醋哦？你自己撒一泡尿照看看，你自己就有
　　　人樣？你根本就像一籠發粉放太多的發粿啦，知否？

阿秀火了，衝過來跟他拚了，一邊罵道：「你敢是人，你根本
就不是人，當初若不是我可憐你，你早就被抓去關到頭毛鬍鬚
白了啦，我也不會跟你這個畜生一起過日子……」

所有人過去勸架、拉架。
平交道的警示燈閃爍，叮叮噹噹，火車聲由遠而近，聲音蓋掉
兩人爭吵的聲音。三個小孩呆呆地看著，阿生看向阿玲，阿玲
低頭。燈漸暗。

收音機的音樂起，播音員的聲音fade in：（以「台北上午零
時」這首歌前奏襯底）你現在所收聽的節目是阿丁為你們主持
介紹的「台北午夜零時」，這裡是台北天南廣播電台，周率
1010千赫……

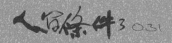

第二場　暗戀

我要怎樣去跟一個人說……若看到她……我就很歡喜……
她若跟我笑一下……我整天心情就很好……

小工臥室　麵攤

暗場中，我們先聽到收音機裡的播音員說：「……現在已經是將近午夜的時間了……經過一天的勞苦，相信大家已經準備要休息了……阿丁在這特別選一首懷念的melody陪大家……請好好休息，好好安眠……（歌聲進來）」

在音樂聲中燈漸亮。那是一間在工廠天花板上的小閣樓。到處吊著衣服和老式的背包旅行袋，以及亂七八糟的海報。花色鮮豔的三床被子疊在一邊，另外一邊有一張矮桌，上面有些書、檯燈，以及一個小小的電晶體收音機。

閣樓裡是已經換上乾淨內衣褲的阿榮正在替阿嘉擦藥。

阿榮：沒流血了……不過旁邊還有淤青……你還有錢沒？若有，去買一罐行氣散……你有夠傻呢，個子也沒比別人小，人家出手，也不會擋也不會閃，就站在那裡讓人家打……若有暗傷……以後代誌就大條……（他一邊把收音機拿起來，聲音關小，阿嘉沒說話）沒錢哦？

阿嘉：……前幾天，我睡覺的時候，眠夢到我家沒錢交電費……電線都被剪掉，小弟小妹攏在哭……我才跟老闆娘借兩百塊寄回去……

阿榮：哭夭！你怎不眠夢中愛國獎券！（站起來，從牆上自己的行李包中拿出錢，遞給阿嘉）明天若有開……你先拿去買。

阿嘉：……買獎券哦？

阿榮：行氣散啦！

阿嘉：（接過錢看了看，忽然哽咽了起來）……若不是還欠
老闆娘幾百塊……又怕你們笑我不帶種……我跟你講
……我實在住不下去……做事，再艱苦我攏撐得住…
…不過……每天日頭若出來，去開門的時候，想說頭
家今天不知道會不會kimo壞……又譙又打……我就先
顫著等，就真想要跑……

阿榮：別傻了……咱是要怎麼跑？身分證都被他兜住了……
是要怎樣跑？

阿生剛洗完澡，擦著頭髮上來，看著流淚的阿嘉。

阿生：（關心地）誰要走？（其他兩人都沒說話，阿生看看
阿嘉）若走是要走哪？學徒工……去哪不是都同款？
……咱若走，頭家在後面偷笑，我跟你說。咱前腳
走，後腳頭家電話打一下，介紹所馬上載一拖拉庫免
錢工……換別人的老母給他咒！

阿嘉：……有一天，我若當頭家，我一定不會像他這樣。我
就不信他不是老母生的……

阿生：……伊若會這樣想，就不會對人這樣了……我都想
說，這麼給你糟蹋沒關係，我功夫若學成，有一天，

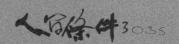

我若做頭家，我一定去中華商場買一套西裝，穿得秋
秋秋……租一台黑頭車，駛入來這條巷子……很多人
一定會出來看……我就下車，在工廠的門口晃來晃去
晃來晃去……人愈圍愈多愈圍愈多……頭家一定會走
出來看，看到我，一定會說：你娘咧，你不是那個那
個嗎？……我就說，哼哼！是啦，你娘咧！我就是當
初被你看不上眼，給你打假的咒假的阿生啦！我已經
成功做頭家了啦！哈哈哈……

阿榮：你是在打手槍啊！成功做頭家的人，黑頭車還用租
　　　的？西裝還穿那個中華商場買的？你嘛卡拜託咧！

阿嘉：啊你呢？難道你沒想過以後自己會變成啥款哦？

阿榮：（趴在窗邊往外面看）我……不曾呢。

阿生：（打開桌上的燈，也往外看著，有點自言自語的感
　　　覺）若不想以後……這三年四個月這樣被打被罵……
　　　你哪撐得住？

麵攤那邊的燈很慢很慢地亮起來，收攤時刻，阿玲正在洗碗，
山東仔和阿秀正安靜地吃消夜喝小酒。

阿榮：……我想現在都來不及了，還想到以後……

阿生：（同樣看向阿玲的方向）現在有什麼煩惱是否？

阿榮：我講你們不能笑哦……我在想說……我要怎樣去跟一個人說……若看到她……我就很歡喜……她若跟我笑一下……我整天心情就很好……很安心……啊若看到她在忙，一個人蹲在那兒……好像很孤單的時候，我就很捨不得……很想要去跟她作伴……可以蹲在她旁邊……什麼話都不講也不要緊……恬恬跟她做伙就好……蹲一世人我也甘願！

阿嘉：蹲半小時你的腳就麻痺了啦，還一世人，你給我騙！

阿榮：啊，你不懂啦！

阿生：那個人是誰？

阿榮：我跟你們講，你們不能講哦……若讓她知道，萬一若生氣不理我……我一定很艱苦……所以，我才不知要怎樣……是要讓

人間條件3 037

她知道，或是不要讓她知道比較好……有時候想到頭
殼痛……

阿生：哭夭，是誰，快講啦……

阿榮：就……阿玲啊。（阿生與阿嘉奇怪的反應，出奇的沉
默，阿榮沒察覺，兀自講自己的）也不知道什麼時候
開始有這種症頭……若有空……我就一直想她……晚
上你們都睏去的時候……我會想得更遠……想說，以
後若可以跟她做陣……我一定會對她很好……不讓她
看起來都那麼孤單……有時想到眼淚都會流出來……
不是傷心呢……就是自己會流出來那種……（忽然轉
過頭看看兩個人說）喂，我先講的哦，先講先贏，你
們不可以跟我搶哦……（看到阿嘉躺下去睡覺，被子
蒙著頭）你實在沒意思呢，我講到眼淚都將要流到褲
腳出來了，你竟然給我睏……ㄟ，生仔！

阿生：（好像從恍惚中被喊醒）啥？

阿榮：你在學校的時候作文尚厲害，我可不可以拜託你幫我
寫一封信給她？

阿生：要寫啥？

阿榮：啊就寫我剛剛講的那些啊，不過，要跟她說……若看
不上我不要緊……我看得開……不過……不要生氣不
理我……若不理我……我真的會待不下去……（看一
眼阿生）怎樣？

阿生：啥啦？

阿榮：替我寫信的事啊⋯⋯

阿生：好啊⋯⋯你有信封信紙嗎？

阿榮：有啊⋯⋯我早就準備著啦⋯⋯有香水味這種的哦⋯⋯
（阿榮興奮地站起來，從墊被下拿出信封信紙，和阿生
一起靠近矮桌，阿榮把收音機聲音又開大一點）聽一下
音樂啦，比較有情調，你也可以寫得有感情一點⋯⋯

收音機正播出「台北上午零時」的片段：啊⋯⋯多情的城市，
台北上午零時⋯⋯間奏，臥室這邊的燈漸暗，麵攤的燈比先前
稍稍亮一點起來，深夜的感覺了。

阿秀：（跟著收音機唱著，吐出一大口煙）阿玲，晚了，先
來吃東西，吃吃咧去洗身軀⋯⋯剩下的明天再弄⋯⋯

山東仔：（喝著酒）阿玲好乖⋯⋯

阿秀：是啊⋯⋯所以我才常常說，我姊姊沒福氣，她爸爸更
沒福氣⋯⋯

山東仔：是啊⋯⋯你之前說你姊姊什麼病？

阿秀：肝⋯⋯（也喝酒抽菸）

山東仔：我問什麼病，幹嘛罵人？

阿秀：哭夭咧，我講台語你說聽不懂，我說國語你說我罵
人，你醉了啊？肝⋯⋯

山東仔：哦……肝。

阿秀：開始的時候她以爲是胃痛咧……成藥隨便吃吃吃……
整個肚子都膨到這麼大了，還去山上做事砍竹子……
送去醫院……醫生就搖頭了……

山東仔：那你還敢抽菸喝酒……

阿秀：啊？啊你自己呢？你喝這個是尿哦？

山東仔：我……我一個人……死就算了……活到現在已經是
賺到了……八二三共匪打炮……破片把我腸子都拉
出一堆來……沒死已經是奇蹟了……你看你看你看
這傷口，沒騙你……

阿秀：我不要看！每次講共匪打炮就要脫褲子給人家看……
（又要倒酒，山東仔搶過去，唉唉了幾聲）沒差啦！
阿國可以喝酒找女人……我怎麼不行？喝喝也比較好
睡覺……省得吃安眠藥……每次去買，藥房都以爲我
要自殺……我都跟他們講說，自殺還要花錢哦……我
才沒那麼傻……

阿玲過來，安靜地添麵坐下來。

山東仔：講這什麼話！阿玲還要你照顧咧，你說是吧？阿
玲。

阿秀：歹命子啦……我阿姊歹命她也歹命……乖有啥路用？
我阿姊最乖啦，少年顧我們，結婚顧老公……儉吃儉
穿……萬項替別人想……啥路用？死沒一年，人家女
人娶進門……新烘爐新茶壺，親生女兒變垃圾……後
母苦毒前人子……我以為只有電影才會這麼演……沒
想到就真的這樣……我去找他理論，問他說，你要女
兒還是要這個女人……你知道他怎麼說？

山東仔：女兒再生就有！

阿秀：你怎麼知道？

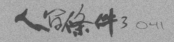

山東仔：你講過八百次了……

阿秀：反正……男人都是畜生……

山東仔：哦，這個……你講過幾千次了……不過我還是不同意！我我我不是說光我一個啦……你看哦，三十七年秋天的時候……我最後一次看到我老婆……到現在幾年了？都二十年了……我還是想她咧……那時候……她就像阿玲這個歲數……現在啊！都跟你一樣大，都歐巴桑了……可我記得的還是那張臉……還是會想……還是捨不得……

阿秀：你少來……你三不五時收店了後，還不是去華西街？還過夜……你以為我不知道？每次若去，早上開店，第一件事就是泡一大杯牛奶再加兩個蛋……這樣喀拉喀拉還面帶微笑，你以為我不知道？

山東仔：唉唉唉……那不一樣啦……那是那是交所得稅你懂吧？

阿秀：都一樣啦……統統都一樣……真的……十六歲到台北……你看我遇過幾個……四五個……還有這一個，六個……都一樣，走一個放屁的來一個滲屎的……媽的！

山東仔：（跟阿玲說）她又醉了……開始罵男人的時候，就是醉了……接著就開始唱歌了……哈……

阿秀：男人最好不要惹我生氣……我氣起來的時候哦……給

　　　　我小心……（差點跌下椅子，阿玲趕快去扶）

平交道的警示器開始響，阿秀大聲吼起歌：啊……齷齪的城市
……台北上午零時……火車聲音大作，阿玲扶阿秀進去，燈漸
暗，只留山東仔孤單喝酒的剪影。火車聲音過後，我們聽到阿
嘉驚慌的叫聲，以下只有聲音。

阿榮：阿嘉阿嘉……喂……喂……你憨眠是否？

阿嘉：我又眠夢了……

阿榮：喊到那麼大聲……夢到啥？你家古井給偷去啦？

阿嘉：沒啦……

阿榮：……我才剛夢到跟阿玲去散步……手才剛要給她牽下
　　　去說……你給我變這齣的……ㄟ……阿生咧……不睡
　　　去哪？

燈微亮到屋邊的角落，阿生孤獨地蹲在那兒望著麵攤的方向，
不知道在想什麼。山東仔也一樣，夜色中兩個心事重重的男
人。

音樂起，燈漸暗。

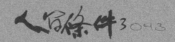

第三場　告白

你如果問我說，爲什麼喜歡你……老實講，我也不知道……好像在不知
不覺中，你就變成我生活中很重要的一部分……

鐵工廠　麵攤

應該是下午三點多左右吧，午餐晚餐間的空閒時刻。工廠的聲音有點單調地響著，收音機的音樂夾在其中，變成本場的背景音樂。山東仔躺在折疊椅上睡覺。阿秀趴在桌子上打盹。有人騎腳踏車掠過。阿玲安靜地在清理一些小白菜，但若有所思。

阿榮：（O.S.）……你如果問我說，為什麼喜歡你……老實講，我也不知道……好像在不知不覺中，你就變成我生活中很重要的一部分，在意你的存在……每次看到你孤單的樣子，我都在心裡偷偷地說：其實……你並不孤單啊！因為你的身邊永遠有我的關注……我的思念與你同在……哦！不是我在稱讚你，你實在有夠會寫！連我講不出來的意思，你都寫得出來……

阿生：（O.S.）這第五張了呢，她都沒回……再下去我不會寫……

阿榮：（O.S.）啊她也沒退啊……沒拒絕就是有希望……

阿生：（O.S.）又要我拿去哦？

阿榮：（O.S.）拜託啦！我若想到要拿給她，手就會抖……

阿生走出工廠，阿榮稍稍跟出來，站在門口看。阿生稍微觀察一下左右，走過去，把信拿給阿玲。阿玲沒接。阿生只好把信一放，看看阿玲後走人。

阿玲：ㄟ……（叫住阿生，但還是低著頭）你明明叫做阿生，信裡爲什麼要寫別人的名字？

阿生：……我是替阿榮拿給你的……（指向阿榮方向，阿榮閃避）

阿玲：（停了一下，有點複雜的情緒）信也是你替他寫的……

阿生：沒有啦……

阿玲：……你的字很漂亮……（阿生不知如何反應，一方面開心，一方面心虛）我都看很多次……

阿生：你都沒回。

阿玲：你要我回給誰？回給你還是回給阿榮？

阿生：（害羞的喜悅）那……我還可以寫給你嗎？

阿玲：看你的信……我很快樂……

音樂下，阿玲低頭工作，阿生呆呆地站著，阿玲會害羞但偷看他一眼，兩人意外的眼神接觸，年少的欣喜。平交道警示器響，阿生看了一眼起身的阿秀，連忙跑進工廠，山東仔也起來，收椅子。

阿榮：（O.S.）……ㄟ，ㄟ，她跟你說什麼？你怎麼指向我這邊來？

阿生：（O.S.）她講你的信，字寫得很美，也寫得很好！

阿嘉：（O.S.）什麼他的信你的信，根本就是阿生寫的信……

阿榮：（O.S.）你做你的事，不要講話啦！啊⋯⋯她又講啥？

阿生：（O.S.）她講⋯⋯她都看很多遍⋯⋯啊⋯⋯看你的信
　　　⋯⋯她很快樂⋯⋯

阿榮：（O.S.）啊！我人生有價值了，我人生有價值了⋯⋯
　　　啊⋯⋯

火車掠過的聲音，在最大聲的時候，又聽到「啊」的哀叫聲，
這是來自阿嘉的聲音。火車聲音逐漸消失時，慘叫聲又傳出，
裡頭並傳來慌亂的「把電關掉！把電關掉！」的緊張叫聲。外
面的人往裡頭看去。

阿生：（衝出來）頭家娘，頭家娘，阿嘉的手去給機器絞
　　　到！手指都沒了！快叫救護車！（衝進去）

阿秀：哪會這樣！阿玲，你去借電話，去找頭家回來，卡緊
　　　咧！

阿秀、山東仔才進去，阿秀就叫了一聲，啊哪會這樣！這時阿
榮和阿生已經抓著一身是血的阿嘉的手，跑出工廠，一陣慌亂
嘈雜。阿嘉說：「我的指頭沒了，我的指頭沒了！」山東仔則
說：「把手抬高抬高，高過心臟！你們怎麼弄的嘛⋯⋯怎麼弄
的！」阿秀說：「忍一下哦，救護車馬上來！」阿榮說：「來
不及啦，我背他出去坐車比較快！」路人也都跑過來看，加入

亂七八糟的意見。此時聽到阿嘉的哭叫聲：「我的指頭沒去啊啦，我的指頭沒去啊啦！」

燈漸暗。夜晚九點多。客人零落。阿生、阿榮頹喪地走過來，阿國跟在後面。

阿國：（一路罵過來）到厝了哦，你們不要再給我哭哦！你爸已經有夠衰了……你們不用再哭衰哦！阿玲，煮麵給他們吃一吃，吃完工廠收一收……（兩人不理會，兀自進工廠，一直順著走進閣樓）不吃哦？隨便啦！阿玲，煮一碗給我！加一粒蛋，切一塊豬腳，過衰！

山東仔：現在怎樣啦？阿秀呢？

阿國：你都沒煩惱我，煩惱我老婆！在醫院陪那個衰尾的啦！

山東仔：小孩現在呢？

阿國：手指頭剩下兩支啦！以後不用當兵啦，怎樣？！

山東仔：就說過嘛……機器危險，你大人要看著……

阿國：你是在哭夭啥？你不要不懂裝懂好不好？我還不是跟他們一樣，十幾歲開始操那個機器？啊我有怎樣？我有怎樣哦？那是頭殼想女人，雙手黑白摸才會這樣啦！（他走到麵攤，自己拿酒拿碗，倒了一大碗喝了起來，然後朝閣樓那邊呆坐著的阿生、阿榮喊道）我

跟你們兩個講啦！你爸也沒你們想的那麼沒人性啦！雖然沒幫你們入保險，阿嘉病院的費用我會負責到底啦！啊你們不要在那邊心情歹啦！我也有我的苦衷啦！（又倒酒）山東仔，要喝嗎？幹！不要哦？跟我老婆你就邊喝邊笑……你爸要你喝，你就給我get out！

麵攤這邊燈漸暗。只留閣樓的燈。呆坐的兩個人。阿榮起身好像準備要去洗澡，拿著毛巾，慢慢地好像想到什麼。

阿榮：（有點懊惱地）我不知道阿嘉也喜歡阿玲呢……剛剛他跟我講說，現在……就算是阿玲不喜歡我……就算他有機會，他也不敢去跟阿玲說……他講……他的手現在變這樣……以後怎麼養得起人家？我聽了……心好痛ㄟ……

阿生：你不要想那麼多……遇到這種事……誰不會艱苦？

阿榮：……不過……你愛的人，朋友也在愛……可以相讓嗎？（阿生愣住，陷入一種奇怪的情緒裡）若你……你會讓嗎？

阿生：不知ㄟ……我沒遇過。

阿榮下樓去，只留下發呆的阿生。阿生去打開收音機，坐下來聽，忽然，阿玲出現在閣樓。

阿玲：ㄟ……（阿生站了起來，撞到上鋪的木板，她看看左右說）我不知道只有你在……

阿生：阿榮剛去洗澡。

阿玲：我是要問說……阿嘉那邊有欠所費嗎……若有欠……我這裡有，可以拿去相添……你們都要寄錢回去……我不用……

阿生：現在不用啦……頭家娘都有準備……

阿玲：他這樣……以後要怎麼辦？

阿生：……以後還是要過日子啊（停了一下）……總是要過日子……他是長子，下面小弟小妹還很多個……

沉默的兩人，讓安靜而溫暖的情意流動著，一個意外的眼神對看之後，兩人都有點不知所措。

阿玲：（忽然覺得尷尬，匆匆地說）我要來去收攤……萬一阿嘉有欠所費，就要跟我講哦……

阿生：阿玲！（阿玲停步）……阿嘉若知道你那麼關心……他一定很高興……今天在病院我才知道……他……也很喜歡你……

阿玲先是有點震驚地看著阿生，呆呆地低頭站住，音樂起，燈漸暗。

第四場 意外

你知道我這輩子最鬱卒的是啥否？就是不曾真正戀愛過……有一個女人讓你一世人愛在心肝裡……

阿國臥室

臥室裡，阿國只穿內衣褲在抽菸喝酒，彷彿陷在自己某種焦躁
的情緒中。外面有開門關門的聲音。

阿國：（有點醉意的聲音）你回來啦？你回來阿嘉誰在顧？
　　　（沒回應）你啞巴是否？
阿玲：（O.S.）……我……阿玲啦……
阿國：哦……攤子收沒？
阿玲：（O.S.）收好啊。
阿國：啊錢呢？（阿玲沒出聲）拿給我啦……阿嘉病院要用
　　　錢，我不會拿去開啦……

阿玲進來，看到阿國的樣子有點不安，把錢拿給他，阿國數著。

阿國：（忽然抬頭看看阿玲）坐一下啦，沒人可以講一下話……很鬱卒ㄟ……（阿玲沒動，阿國粗魯地拉她坐在床邊）坐啦！跟我講一下話啦！

阿玲：（有點害怕）姨丈……

阿國：（把錢和硬幣放在床上數著，一邊說著）免這樣叫啦……我跟你阿姨也沒有結婚……沒登記戶口，明天後日，說不定你阿姨就找到別人……（看阿玲一眼）你不信哦？明天後日……我要不是跑路，就是被抓去關……幹！都嘛這個阿嘉……沒事手去絞絞斷……管區說要來查……他們若來，我就洩底啦……你們都不知，我

是殺人通緝犯呢……（停了一下，看著阿玲，阿玲有
點害怕）會驚哦？免驚啦！我殺人是為著愛情呢！可
以拍電影呢！你要聽看嘜否？故事是這樣啦……有一
個少年的……從南部來台北鐵工廠當學徒……門口有
一個麵攤仔……賣麵的頭家有夠惡質，常常把他同居
的女人打到流血流滴……那個少年的……不知道是同
情或是愛……真的不知道……有一天半夜，看到那個
女人倒在麵攤邊喘咧喘咧……我把她背去醫院……醫
生說，她流產啦……我就在醫院顧她顧一晚……很捨
不得……哪知第二天，我一帶她回來，那個爛人，連
問是怎樣也沒有，菜刀拿起來就要給你爸劈……你爸
把他的刀搶下來，顛倒給劈回去……看他倒在那邊唉
唉叫……我刀子一丟，開始跑……忽然間，聽見後面
有人在喊：喂……帶我一起走……我一轉頭，看到那
個女人臉色青筍筍……好像連站都站不住……我實在
受不了……就向她走過去！哪知這一步……無論對我
或是對她來說都是錯誤的第一步！……怎樣？這若拍
成電影好看嗎？不過男女主角一定要叫別人來扮……
觀眾如果看到我跟你阿姨……百分之百要去收驚……
（盯著阿玲看，喃喃地說）你知道我這輩子最鬱卒的
是啥否？就是不曾真正戀愛過……像瓊瑤的電影那種
的……有一個女人讓你一世人愛在心肝裡……也不曾

有機會跟一個女人眞心眞意講一聲：我愛你……（忽
然捧著阿玲的臉說）也不曾這麼近去看一個查某囡仔
的面……（阿玲開始掙扎）也不曾親過一個還沒被親
過的嘴唇……

阿國的聲音開始模糊不清，情慾開始高漲，動作開始粗暴起
來。阿玲掙扎，但聲音被阿國用手掩住，慢慢只剩嗚咽。
音樂起。燈漸暗。平交道警示器的聲音響起。火車聲音由遠而
近過來。

第五場 責備

你發情啊？你不會拿錢去嫖，去磨牆壁？你叫她以後是要怎樣？叫她這世人是要怎樣？你就這樣糟蹋她，這樣糟蹋我！

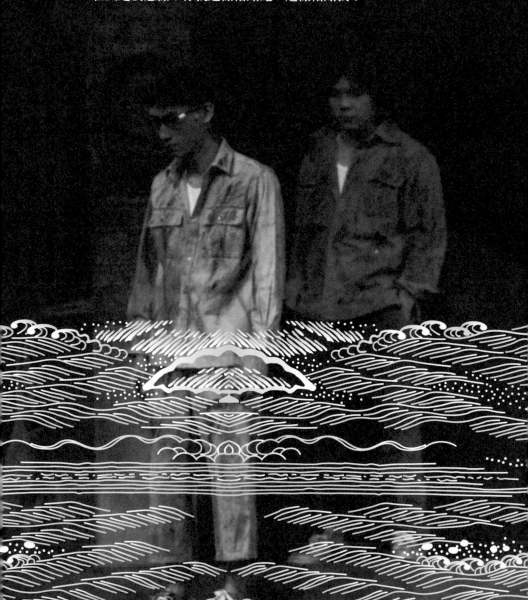

鐵工廠　麵攤

燈漸亮。上一場的音樂延續。

夜晚的巷道。遠處有燒肉粽的叫賣聲。一樣由遠而近，燒肉粽
騎車經過。

暗影裡，衣衫有點不整的阿玲從鐵工廠裡頭走出來。

她恍惚地走到路燈下，開始哭了起來。

燈漸暗。

音樂持續。燈漸亮。阿秀歇斯底里的咒罵撲打聲起來。

早晨的巷道，阿玲坐在麵攤前的椅子上，山東仔坐在旁邊，看
著她。

阿玲似乎準備要走，身邊有她準備好的包袱、行李袋。網袋裡
有臉盆雜物，以及幾本書。

阿榮、阿生頹喪地站在鐵工廠旁邊的牆邊看向阿玲這邊。

阿秀：（罵聲中夾著摔東西到阿國身上的聲音）……

　　　　　你畜生……你禽獸

……你也不怕我阿姊做鬼來把你抓……你糟蹋我不打緊，你連她女兒也糟蹋……你連良心兩字都不知怎麼寫……你有想過這麼多年是誰給你吃穿……誰人賺錢給你開工廠……啊？你的心肝丟在地上連狗都不給你吃！她才幾歲的小孩？才幾歲的小孩你也要！？你發情啊？你不會拿錢去嫖，去磨牆壁？你叫她以後是要怎樣？叫她這世人是要怎樣？你就這樣糟蹋她，這樣糟蹋我！

叫罵到一半時，兩人已出現在舞台上，阿國幾乎沒有回手，讓阿秀撲打踢踹撕咬。一直到阿秀最後說：「這樣糟蹋我！」時，阿國才動手推開她。

阿國：事情做了就做了啦，你怎樣罵怎樣打，叫警察把我抓
　　　……我都沒第二句話啦！我敢做敢擔當……不過，咱
　　　兩個……到底是誰糟蹋誰……現在很難說，等咱死，
　　　再叫閻羅王作證人！（講完走人。）

阿秀一陣茫然，她慢慢轉身，忽然走到阿玲面前跪了下來，一
直磕頭。阿玲慌了，拉著她說：「阿姨！阿姨！」阿生和阿榮
慌忙地過去幫忙安撫。

山東仔：阿秀，你這是在幹什麼？阿玲哪堪讓你這樣折騰
　　　　啊？她已經夠慘啦！
阿秀：阿玲……你不要走……你走阿姨看顧你不著……阿姨
　　　會不放心……（朝向在場的其他人）阿玲還少年……
　　　以後日子還久長，我走過的路，阿玲不能再跟我走一
　　　次……我拜託你們……這個事情，咱知就好……最好
　　　都把它放忘記好嗎？……不要看輕阿玲……也不要讓
　　　阿玲看輕自己……我拜託你們！
阿榮：（在安靜中，忽然低聲說）啊你難道不怕頭家以後還
　　　會對阿玲怎樣嗎？
阿秀：不會啦……這我不驚，我有我的辦法……不過……若
　　　我看不到的所在……阿玲，我拜託你們，就要幫我管
　　　顧她……我拜託你們……

阿秀講完又是一陣磕頭，山東仔和阿生一直安撫她。阿榮沒
動，視線慢慢轉向一直低頭的阿玲。

音樂起。燈很慢很慢地暗。平交道警示器聲音。

火車聲音。

燈暗。

人間條件3063

第六場　

我跟你講哦……你不可以再欺侮阿玲哦！……
不可以再欺侮哦……有聽到否？

阿國臥室

在火車聲音中推出阿國臥室。

燈漸亮。

阿國躺在床上睡覺，打鼾的聲音斷續。

臥室的門被慢慢打開，阿榮身影模糊地進來。

他站在床邊看著阿國，呼吸有點急促。

阿榮：頭仔，你起來，我有事情要跟你商量……頭仔……你
　　　這樣還睏得去哦……頭仔……

阿國：（有點神智不清地略起身）……你誰？

阿榮：我阿榮啦……我跟你講哦……你（舉起刀，戳下去）
　　　不可以再欺侮阿玲哦！（阿國慘叫，掙扎搶刀，阿榮
　　　又戳）不可以再欺侮哦……有聽到否？不可以再欺侮
　　　哦！

就在他不停地揮刀時，阿秀衝了進來，大叫：「阿榮！你在做
啥？」一邊伸手開燈，看到阿榮一身是血，抓著刀慢慢轉過身
來，但，現場有一把刀子從阿秀手上掉到地上的聲音。

阿秀：阿榮！！（音樂起）

阿榮：（喘氣）歹勢啦，頭家娘……我是怕他會再糟蹋阿玲
　　　啦……現在……不會了……阿玲也可以放心啊啦……
　　　你也可以放心了……

○˩˩

阿秀：阿榮……你哪會這麼傻……你哪會這麼傻……

燈暗。
幕下。

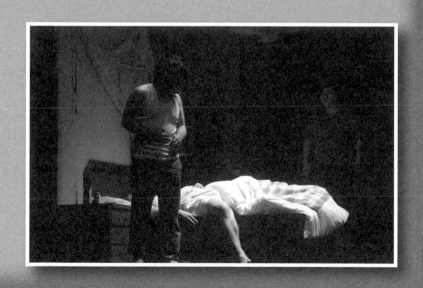

人間條件 3 067

第七場　重逢

多年沒見的兩個男人無聲的對視、然後擁抱，彼此打著對方的肩膀。
身軀明明就在過今天的日子，但是……頭殼卻好像始終都活在過去……

2000年初期　工程建地
1970年代　牢房

燈慢慢亮。

回到序場場景。音樂起。

中年的阿榮慢慢走進舞台，坐在麵攤前的椅子上，看著這個記憶中的世界。

中年的阿生從另一側過來，也站定看著。

阿榮發現他吧？慢慢站起來。

阿生走過去，多年沒見的兩個男人無聲的對視、然後擁抱，彼此打著對方的肩膀。

阿生：幹……我看……你這套西裝一定不是在中華商場買的！前一陣子在新聞看到你，才知道你是鎮民代表會主席，還跟人在代表會大小聲……個性好像都沒變！

阿榮：……騙吃騙吃啦……人家給我們什麼角色，就照什麼角色扮……你應該最了解，少年時代，功夫學沒過手就出大事，出獄了後什麼都不會……裡面認識的乾爸就跟我說，若什麼都不會，台灣有三項工作好做又免扣稅，第一開廟、第二做流氓、第三就是去做代表還是選議員……開廟我沒本錢，做流氓我不帶種，所以只好做第三項，啊……你呢？

阿生：我……還在報社做地方記者……同樣騙吃騙吃……

一陣短暫的尷尬。

阿榮：昨天看到電視後……不知怎樣就睏不去……這麼多年
　　　的事情，一想就想整夜。

阿生：我也是……不過很少來台北……若來……也不曾再走
　　　到這邊來……剛剛坐車經過中華路，才想到中華商場
　　　早就沒了……中華路也都變到不一樣……忽然間感覺
　　　說……少年時代那些事情，到底是真的發生過，還是
　　　我自己想像的？

阿榮：（略有同感地笑笑，安靜地再看看四周）不過……這
　　　裡好像都沒變……連味道也沒變……山東仔反攻大陸
　　　餅的氣味……頭家娘魯菜的氣味……好像跟以前都一
　　　樣……

平交道警示器的聲音。

阿生：火車的聲音也還在……剛離開這裡的時候，晚上一直
　　　睡不著，後來才知道，就是少了這個聲音……

遠處火車的喇叭聲，兩人轉過身來。火車聲音遠遠傳來。
布景公然更換，先是遠方建築的背版，然後圍籬推走，鐵工廠
推進來。
兩人轉身，這時，年輕時候的阿榮被警察押著，雙手有手銬提

著包袱。阿生跟在後面，山東仔扶著阿秀，走出來，成剪影的
樣子，動作有點緩慢，回憶的感覺。阿玲慢慢走向阿榮，掏出
手帕，幫他擦臉、擦手背上的血跡。

阿榮：我記得……那天……警察要帶我走的時候，阿玲走過
　　　來……用她的手巾，擦我染到的血……這麼近……近
　　　到我看得見她嘴唇上面的細毛……她邊幫我擦……沒
　　　講話，眼淚邊流……手巾要擦血，也要擦她自己的眼
　　　淚……結果……連她的臉上也有血跡……之後……這
　　　個畫面……就永遠拔不離了……連眠夢也會夢見，而
　　　且不論到什麼歲數……你啦、阿玲啦，永遠都是那麼
　　　少年，永遠都不老……
阿生：我也不知道呢……到底是咱記性好……還是怎樣，身
　　　軀明明就在過今天的日子，但是……頭殼卻好像始終
　　　都活在過去……

燈慢慢暗。下黑紗，牢房景預備。

閣樓的燈亮起，阿生正替阿嘉用一個塑膠袋把右手套起來。

阿生：小心一點哦……不要又沾到水……傷口已經差不多不
　　　要再發炎……

阿嘉：我知道啦……不過……用一隻手洗身軀就這麼難洗了
　　　……以後，哪有什麼工作可以讓我做？

阿生：你先別想那麼多好否？以後不會做頭家啊？光出嘴就
　　　好！

阿嘉無語，拿毛巾臉盆下去洗澡。

阿生打開收音機，拿出信紙和筆，開始寫信。

人間條件3 073

阿生：（O.S.）阿榮，我是阿玲。你好嗎？我很好。（音樂
　　　起）這是你不在的第七十二天。今天……阿生和阿嘉
　　　接到第一個生意，是五分埔那邊蓋公寓要用的樓梯欄
　　　杆……阿生和阿嘉都很高興。阿姨說……如果以後工
　　　廠有賺錢的話，一定要幫你留一份……阿生說：那是
　　　一定的。他們好像跟我一樣……

牢房的燈亮起，閣樓的燈減暗依稀留著。在監獄裡的阿榮正在
看信。唸信的聲音轉成阿玲。

阿玲：（O.S.）都覺得你還是在我們身邊，一直都沒有離
　　　開。前幾天，阿姨和山東仔杯杯有去看你……我也想
　　　去，但是不敢講，而且，你也知道，麵攤這邊也不能
　　　沒有人在。我只想讓你知道……我也想看你啊。也希
　　　望你能守人家的規矩，這樣也許就能夠早點回來……
　　　我知道那可能是很久很久以後的事了……但，不管多
　　　久……你回來的時候，我一定還在這裡等你……

牢房裡拿著信紙看著的阿榮，不時地擦著眼淚，旁邊的牢友正
在打坐，也許聽到阿榮抽泣的聲音，過去拍拍他。

牢友：……看信看到眼淚流眼淚滴……我不曾看過這麼愛哭

的殺人犯……（接過阿榮遞過來的信）還要替你回信
啊？……這樣下去，政府早晚會多給我一個罪名，叫
做「偽造文書」……（取過夾板，墊在臉盆上面，接
過阿榮遞過來的信紙，聞了一下）原來你用這款信紙
……難怪我晚上常常聞到香水味，以為白嘉莉就睡在
我身邊咧……啊要寫啥？

阿榮：我若會寫……我就不用拜託你啦……

牢友：那就照我的意思寫哦！

牢房這邊燈漸暗，火車的聲音起，撤牢房景，升黑紗。

麵攤這邊燈漸亮。收攤之後，阿秀和山東仔正悶悶地喝酒，阿
玲拿著一封信在看。

阿榮：（O.S.）阿玲吾愛如晤：獄中無歲月，忽焉已入秋。
相思人憔悴，接信如逢春。欣知汝安好，身心皆寬
慰。吾愛情意深，聞之欲滴淚。人生得知己，青春何
足惜。身雖陷牢獄，天涯若比鄰。

阿秀：（打斷唸信聲音）阿玲，無人客啊，收收咧來吃東西
啦……

阿玲：你們吃，我不餓……

阿秀：啊你這幾天是怎樣？都不吃，臉色又那麼壞……我看
明天帶你去醫生館給人看看……

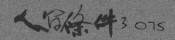

阿玲：我下午有去巷口那間看過了⋯⋯

阿秀：（靠過來，關心地）啊你也沒講就自己去⋯⋯啊醫生
　　　怎樣講？有要緊否？

阿玲：說⋯⋯消化不好⋯⋯吃藥就好。

阿秀：你有照規矩吃否？若沒效，要跟阿姨說⋯⋯

阿玲：好。（站起來）我⋯⋯先來去洗澡哦⋯⋯

阿秀關心地看著阿玲離去。

山東仔：唉⋯⋯好好的孩子⋯⋯被搞成這樣子，你看⋯⋯一
　　　　個整天愁眉苦臉，一個判無期⋯⋯

阿秀：他們是說⋯⋯如果運氣好一點的話，八年十年就可以
　　　出來了⋯⋯出來⋯⋯也還沒三十歲⋯⋯要拚也還有機
　　　會⋯⋯不像我們，三十歲的時候就

　　　　已經注定一生了（忽然情緒來了）不過……咱這樣替
　　　　人捨不得……啊有誰人要同情咱？

山東仔：算了……咱們就彼此安慰吧……啊？何以解憂……
　　　　唯有杜康……

阿秀：（聽成是台語的「戳洞」）杜康？杜什麼康？……你
　　　　們男人都一樣……一天到晚想的就是杜康……

山東仔：又來了……又來了……你跟男人有仇啊你……？

山東仔替阿秀斟酒。

麵攤燈稍暗掉。

閣樓燈亮。阿玲上樓，樓上兩人有點驚訝、不自在地站起來。

阿玲：（把信拿給阿生）這……阿榮寫給我的……我……看
　　　　不太懂。

　　阿生接過，看著。

阿生：這難道是監獄規定的？寫得跟國文課本一樣……（欲
　　　拿給阿嘉看，阿嘉接過時，阿玲突然出聲）

阿玲：我有事情……想跟你們商量……（猶豫著，兩人看著
　　　她）我不知道你們兩個……有誰敢跟我結婚？（吃驚
　　　的兩人）你們不要驚啦……我不會害你們一世人……
　　　我……有孩子了。（音樂淡入）醫生知道我的事情，
　　　有說……他可以介紹人把小孩拿掉……我想很久……
　　　後來……我是想說，若拿掉，我……一世人可能都會
　　　記得這個事情……想到就會不快樂……若這樣，我一
　　　世人是要怎麼過？但是，如果我把他生下來……那就
　　　是我自己的小孩了啊，對不對？小孩跟我沒冤仇……
　　　所以，我一定會把他帶得好好的……這樣的話，我反
　　　而會忘記這個事情不是嗎？不過，小孩生下來……若
　　　沒老爸……長大……別人還是會講閒話……所以才想
　　　要找你們商量……我是想說……你們誰若肯……跟我
　　　辦結婚……等小孩生下來，用他的姓辦戶口……之後
　　　……他隨時都可以走！我絕對不會拖累他……啊……
　　　孩子……我會自己帶……小時候就沒有媽媽的我都可
　　　以長到這麼大，我就不信，我沒辦法把他養到大……

三人沉默著。

阿玲：……不過……你們如果不肯，我也不會怪你們……因
　　　爲會這麼想……我也知道眞無理……

阿生、阿嘉彼此對看了一眼，阿生拿起阿榮的信低頭看，抬起
頭看阿玲，阿玲也看著他，他不知如何是好地慢慢轉過頭，強
忍什麼似地自我折磨，阿嘉看看阿玲，慢慢舉起手。

阿嘉：阿玲……如果你沒棄嫌我破相……我會跟你一起把這
　　　個孩子照顧好……

阿玲忽然彎腰鞠躬，一直沒起身，阿嘉連忙去扶她，說：「不
要這樣，阿玲，不要這樣……」阿玲無聲地飲泣，在阿嘉懷裡
顫動。
而這時，已經忍不住的阿生只好轉身背向他們，面對舞台正面
激動地流淚。
音樂拔高。
燈暗。

第八場　離去

我心情最壞的時候……都會拿你要出嫁那天的情景來想……
想說，你會打扮成什麼樣？啊新郎是什麼模樣？

燈亮。

麵攤前坐著心情低沉的阿秀，麵攤是休息狀態。

有人走過來要吃麵，詫異地看著阿秀。

阿秀：歹勢啦，今天家裡有事情，沒賣啦！

客人：啊……山東仔，你的反攻大陸餅也休息哦？

山東仔：台灣麵攤都休息了，我哪有心情反攻大陸啊!?

客人：你快要被抓去死啊啦你！（說完走人）

穿得比較像樣的阿嘉和阿玲出現，兩個人站在阿秀面前稍遠
處，不動，沉默相對。

山東仔：回來了……回來了……你們結成了沒？結了吧？
　　　　啊？幹嘛啊？演戲啊？還是話太多說不清楚？那就
　　　　講重點嘛！憋死人啦！

阿秀：（故作鎮定地問）阿玲……你……把我當作是誰？

阿玲：（低聲）阿姨。

阿秀：真的是阿姨嗎？……若是阿姨……結婚這種天大地大
　　　的事情……你也沒跟我商量，也不給我知……反而是
　　　阿生跟我講……我才知道你跑去公證……

阿嘉：頭家娘……失禮啦……

阿秀：你外人甭講話，要跟我講話……你要跟阿玲一樣，叫

我阿姨！

阿嘉：阿姨。（看看阿玲）是我叫她不要跟你說的……因為我怕說你若知道她要嫁給我，一定不會同意……

阿玲：阿姨……不是啦……是阿生跟我說，阿嘉喜歡我……我就去跟阿嘉說……若喜歡……你就娶我……

山東仔：媽的……你們兩個演得還真爛！

阿秀：隨便你們怎麼講啦……公證就公證了啊……政府那麼大，就是我反對又有什麼用？阿姨怨嘆的是說……你若嫁了，一走……未來我是要寄望什麼？……早前，日子再難過，總是會想，無論如何，我一定要把阿玲養大，養到漂漂亮亮，養到她出嫁……我心情最壞的時候……都會拿你要出嫁那天的情景來想……想說，你會打扮成什麼樣？啊新郎是什麼模樣？是像秦祥林還是像秦漢？啊我要穿什麼衣服比較好看？是穿洋裝還是穿長衫……有時候想到自己都會歡喜到笑……再壞的日子也就這樣過……啊我就不知未來……我有什麼可以拿來想？

山東仔：以後……以後你可以想說……如果中愛國獎券第一特獎，那些錢該怎麼花不會啊？

阿秀：我沒那麼傻……想那個，不就像你在眠夢要反攻大陸回老家！（拉阿玲的手過來，取下自己脖子上的項鍊掛在阿玲的脖子上，然後拔下自己的戒指套進阿玲的

人間條件 3.083

手指。阿玲低聲說：「阿姨……」）你不要推辭……
這不是我的……這是你阿母留下來的手尾……當初，
戒指對我來講小了一點……我有去金子店添一些錢打
大一點之外，都是你阿母留給你的……你也知道，現
在……阿姨也沒存什麼錢……也沒半樣可以給你……
當初……是怕你跟你老爸住會受苦……誰知道跟著阿
姨……你反而更苦……（情緒來了，阿玲去安撫她，
阿秀拍拍阿玲在她肩膀上的手，轉身朝阿嘉。）阿嘉
……我跟你講，娶到阿玲是你的福氣……我沒啥要
求，我……只要求你一樣事情……你要跟阿玲天上的
老母講……說你會照顧阿玲一世人……（阿玲欲阻止
阿姨，阿嘉輕輕拉開她）你雙手合掌……我講一句，
你小聲跟我講一句……阿母……我是你的女婿阿嘉……
今天開始……我從那個不成材的阿姨的手
上接過阿玲……

從今以後……我會讓她穿得暖……吃得飽……沒驚惶
……阿母在天要赦免阿姨……（阿玲過去抱她）未來
日子……阿母千萬就要保庇……（慢慢地，阿秀轉身
過來，沒有預警地跪在阿嘉面前）多謝你……阿嘉……
阿姨多謝你……多謝……

阿嘉不知所措也只好跪下來，阿玲哭著去拉阿秀。山東仔也淚
流滿面去拉阿嘉和阿秀，一邊說：「又來了，又來了！你們在
幹什麼？幹嘛老是演歌仔戲……這樣跪過來跪過去……很討厭
ㄟ你知道嗎……」

中場休息。

第九場 想念

其實……最孤單的應該是我吧？因為總覺得你離我很近，卻又那麼遠。
雖然生活改變了……但是請你相信，我對你的想念永遠不變。

閣樓 牢房

音樂起。平交道聲音。

燈漸亮，閣樓上準備要離開的阿生。

火車聲音中，推出牢房的景預備。

阿生拿著收音機靜靜地聽。開始唸著他寫給阿榮的信。

阿生：（O.S.）阿榮，我是阿玲。好像有一陣子沒有跟你寫信了……請你原諒。這一陣子這裡有好大的改變，先是阿嘉離開鐵工廠，也許是因為手的緣故吧……說要另外找發展，他一走，阿生一個人……也許很孤單吧，有一天竟然選擇不告而別。

閣樓中的阿生站起來，放下收音機，提起似乎整理好的行李，看看周遭有點慢慢轉身，把燈關掉。

牢房燈漸亮，阿玲的聲音出現，牢房中阿榮正在看信。

阿玲：（O.S.）其實……最孤單的應該是我吧？因為總覺得你離我很近，卻又那麼遠。前一陣子……你寫給我的信……很多我都看不懂……我想了很久……（在唸信中，閣樓的燈亮了起來，阿姨開燈進來，找不到人，看看周圍，看到桌上的收音機，拿起來看著，覺得一切都變了吧，難過地哭了起來，然後慢慢走出去，把燈關掉，鐵工廠麵攤的燈全暗，只剩牢房）覺得，好

像應該再去念書……這樣的話……才會跟得上你的水準……所以，我也離開阿姨的麵攤了，阿姨很捨不得，哭了很久。我現在白天在一家工廠上班……晚上在念夜間部。雖然生活改變了……但是請你相信，我對你的想念永遠不變。阿玲。

阿榮看完信，看看打坐的牢友。牢友閉著眼睛說話。

牢友：怎樣？又要替你寫信了？

阿榮：是啦……不過……阿玲說都看不懂你在寫啥……

牢友：我是爲你好，才故意這樣寫的呢……

阿榮：爲什麼？

牢友：我若眞正用感情寫……我跟你說，到時，阿玲愛的可能是我……

阿榮：怎麼講？

牢友：你知道我怎麼被關否？……我就是因爲太會寫信被關……

阿榮：你給我騙！

牢友：咬鴉片（台語發音類似：給我騙），那是煙毒犯，被關嘛卡甘願！啊我是做好心，寫信去檢舉做官的偷工減料……檢舉不肖警察收紅包，檢舉議員開賭場當郎中……結果我太太小孩當我是發瘋，政府講我是流

氓，把我關起來不給我走！

阿榮：啊？啊流氓要關多久？

牢友：不知咧……聽說他們還在「研究研究」……可能是我把他們稱讚得太過頭，他們惱羞成怒！

阿榮：你稱讚他們啥？

牢友：我就趁出庭、他們的人最多的時候，大聲稱讚他們說：你們實在真偉大！嘴要吃、手要拿，良心放咧被狗拖！

阿榮：所以現在怎麼辦？

牢友：（站起來開始甩手）所以現在，隨便他們關多久，我每天練功夫，要跟這個政府拚看誰會活卡久！

阿榮：沒啦……我是說……我的信……現在誰要替我寫？

牢友：我問你，你有愛阿玲否？

阿榮：當然愛，若沒愛……我哪會被抓來這……

牢友：若有愛，就要實在……若實在，你怎麼寫她都會了解……比如說，你現在最想跟她說什麼，只要你照實寫，就是把「玉人」寫成「王八」，她也知道你是一時眼睛花，不是罵她烏龜！知否？……不過……有一些事情最好是放在心肝裡，可以不用講到那麼實在……

阿榮：比如啥？

牢友：比如晚上想她想到哭，哭到枕頭濕，這不用講，講了她會傷心受不了！

阿榮：好……還有呢？

牢友：還有晚上想她想到打手槍……打到隔壁都驚醒！這也
　　　不用講，講了她會把你看輕！

牢友講完又繼續練外丹功。
阿榮有點尷尬，不過，最後他過去拿臉盆像牢友在前場一樣，
把木板墊在臉盆上，拿出信紙開始寫信。

阿榮：（O.S.）阿玲……你好嗎？我在這裡很好。知道你離
　　　開頭家娘那裡去讀夜間部，我有歡喜……也有煩惱。
　　　煩惱的是……你的生活會不會有問題（音樂淡入）在
　　　阿姨那裡，你至少有麵可以吃，現在一個人……萬一
　　　錢不夠用，啊你是要吃什麼？……我不知阿生跟你
　　　是不是有聯絡，有一樣事情我必須跟你承認……以前
　　　的信，都是他替我寫給你的……他是個好人，我可以
　　　信得過，所以有問題的話，你一定要去找他，因為，
　　　他知道你是我所愛的人，了解我怕你冷、怕你餓、怕
　　　你被欺侮，怕你一個人寂寞，所以什麼事情只要你開
　　　口，他一定都願意為你做……

音樂延續。
燈漸暗。

第十場 依靠

從小到現在，不曾有這麼多人疼惜、照顧我……隨時有人可以講話，累
的時候……又有人讓我依靠……又有团仔可以抱……

燈漸亮。

午後的麵攤，山東仔在做餅，阿秀也在切東西，準備晚上的生意，有一個年輕人提著包袱掠過現場，阿秀忽然抬頭，看了一眼叫：「阿榮！」年輕人看她一眼，她不好意思地笑笑說：「歹勢啦，認不對人。來啦，吃飯吃麵啦！」

山東仔：阿榮？你作夢啦？

阿　秀：……就是作夢你哪知……？就不知道怎樣，三不五時都會夢見阿榮……不是夢見他回來，就是夢見他全身都是血來找我，說他要吃麵肚子餓……

山東仔：他人在裡頭好好的，你幹嘛想這些亂七八糟的？你就是白天亂想，睡覺才會亂夢！

阿　秀：嗯，你講那個……頭殼要黑白想，我哪有辦法啊！前幾天，我去美容院剪頭髮，邊剪邊看電視，電視廣告裡面，一個阿爸給他當兵的兒子打電話，說：阿榮，你若有放假就要回來喔！我眼淚噗一下就噴出來……

就在他們講話的過程裡，我們看到造型有點改變的阿玲抱著小孩，手上掛著布包包遠遠走過來，她靜靜地看著已然改變的環境。阿秀忽然看到她，猶豫著。

阿　秀：山東仔，我……好像看到阿玲！

山東仔：我還看到鬼咧！

阿玲：阿姨！

阿秀：（推山東仔一把，說）你才看到鬼啦！（快步衝向阿玲）

山東仔：天啊，還真的是阿玲……阿玲！

阿秀迎過阿玲，山東仔忙拉椅子給阿玲坐。在這過程裡，阿秀高興得語無倫次的感覺。

阿秀：……你囝仔生了哦……我就想你嘛應該生了……以為你不讓這個阿姨知道說……啊你吃了沒……阿姨煮一碗大大碗的麵給你吃……好不好……啊要來也不先寫信跟我說一聲……你看你看，我也沒有準備紅紙……啊要怎樣給我孫子包紅包啦……

小孩哭起來的聲音。阿玲安撫。

山東仔：歐巴桑，歐巴桑……我求你鎮定一點可以嗎？小孩都被你嚇哭了……

阿秀：那是被你這張鬍鬚臉給嚇到啦！我來，我來！（阿秀接過小孩晃著，阿玲拿出布包裡的尿布和奶瓶之類的東西）真古錐！哪會長這麼大？多久了？（阿

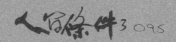

玲邊弄奶粉邊說：「剛滿月幾天……」）男的還是女的？（阿玲：「男的。所以阿嘉他們一家都很歡喜耶！」）免講也歡喜！這世人我若有辦法生一隻老鼠或蟑螂出來，你外公他們也會很歡喜……來叫姨婆，叫姨婆！

山東仔：剛滿月還叫姨婆咧！你乾脆叫他唱國歌算了……
　　　　（看小孩，逗他，忽然冒出一句話）嘿，阿秀你看，你看，這樣子像誰？像誰？像不像阿國？像不像阿國？你看這鼻子，簡直像透了！（自己嘿嘿笑著，然後發現阿秀的眼神，然後尷尬得不知所措。）

阿玲：（不以為意地）是有一點像啦……阿嘉也這樣說……不過，他說，未來，一定不一樣啦……

山東仔：對對對……一定不一樣，一定不一樣！你……不走哦，不許走！我去買菜，晚上……我做大菜給你吃！啊？（慌亂地脫圍群，根本不理阿玲的阻攔，有人要買餅，他說：你自己拿！

自己拿！）

阿秀：講到阿嘉，啊阿嘉呢？阿嘉沒跟你來，讓你自己一個
　　　拖一個小孩來台北哦？

阿玲：（一邊準備給小孩餵奶一邊說）有啦，啊說要去找一
　　　個朋友，叫我先坐計程車來啦……

阿秀：（猶豫一下，小聲地問）阿姨問你，你要老實說，他
　　　對你好嗎？

阿玲：有啊，真好……什麼事情都替我想到，都搶著做……
　　　他家的人也真好……白天忙的時候……囝仔他小弟小
　　　妹搶著背搶著抱……我都免煩惱……

阿秀：啊……他現在在賺什麼吃？

阿玲：……啊我們在菜市場附近擺麵攤仔，生意還不壞……
　　　剛開始的時候……阿嘉的右手不方便……常常打破
　　　碗，沒想到這樣反而出名……

阿秀：怎麼說？

阿玲：啊後來他都用左手啊……菜刀拿左手，煎匙也拿左手……現在，免招牌大家都會說：來去菜市場左手仔那兒吃麵……

阿秀：啊……生活可以過嗎？

阿玲：會啦……阿姨，你免煩惱啦。你跟他阿母一樣，都煩惱那些有的沒的。我記得有一天，我們很晚才收攤……他阿母好像很捨不得……把我拉到廚房說，阿嘉比較無能啦……才會讓我這麼辛苦，沒能讓我好命。我就跟她說，阿母，現在是我最好命的時候呢……你看，從小到現在，不曾有這麼多人疼惜、照顧我……隨時有人可以講話，累的時候又有人讓我依靠……又有囝仔可以抱……有他以後的事情可以想……很幸福呢……（跟小孩講話）對否？……就像姨婆以前想媽媽一樣啊……媽媽也會想說……爸爸媽媽一定要節儉一點，把錢存起來，以後讓你上小學、上中學、上大學……交女朋友……對否……（發現阿秀在流淚）阿姨……

阿秀：沒啦……阿姨是歡喜啦……阿姨這世人最怨嘆的就是沒一個人可以依靠，沒一個囝仔可以抱……

阿嘉出現。走路有點慢。

阿嘉：阿姨！

阿秀：（連忙擦眼淚站起來）我才在問阿玲說你怎麼沒來說
……啊你是生芒果哦？走路哪會怪怪的？

阿嘉：沒啦……

阿玲：啊咱來的時候你不是好好的？

阿秀：阿玲不是說你去找朋友？啊是找什麼朋友走路變這
樣？

阿嘉：沒啦……我是騙阿玲啦……趁這趟有空，我去醫院
啦。

阿玲：你去醫院，怎不讓我知道？

阿嘉：你若知道……不一定肯讓我去……

阿秀：你是怎樣？阿玲還少年，团仔還小，你不要嚇阿姨好
不好？

阿嘉：沒啦……我是去綁起來而已啦……

阿秀：你綁什麼？

阿嘉：綁那個……啊就是結紮啦。

阿秀：你是頭殼壞掉啊？啊你還少年，阿玲也少年……啊你
綁起來，以後若要生怎麼辦？才再去解開啊？

阿嘉：就是決定不生了……我才去綁起來。

阿秀：不生？啊你的頭殼到底是在想啥？

阿嘉：沒啦……我是想說……假如再生团仔……有兩個团仔

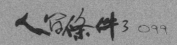

在眼前……我不知以後會不會太小心？（音樂淡入）
……既然連自己都沒把握……啊不如一個就好……一
個……我跟阿玲就可以專心照顧他，專心疼惜他……
（看著阿嘉的傻樣，阿玲和阿秀都有一點情緒反應，
阿嘉不知道，依然喃喃地說）你們免煩惱啦……醫生
說……傷口很快就會好……啊，我又賺到了呢……這
都免費呢……我還傻傻地問醫生說……手術會不會很
貴……（看到阿秀阿玲的情緒，有點莫名其妙，拚命
安撫。）

山東仔接在阿嘉講話的後段興高采烈地出聲：「阿玲！福氣，
福氣，這時候竟然還讓我買到豬腰子……我煮麻油腰子給你補
一補，啊！阿嘉也到了……好極了！你也一起補……再生他個
五六七八九個……九條好漢在一

班……」看到現場的狀況，又說：「幹嘛啊？拜託哦……又要演歌仔戲啦？拜託哦……」

音樂延續。
燈漸暗。
燈漸亮。是一團混亂後的安靜。阿玲、阿嘉都離開後的晚上。阿秀和山東仔面對著桌上一些剩菜安靜地喝酒。阿秀把玩著小孩的奶瓶。

阿秀：（看看四周）歡喜一天……人一走……怎麼忽然間覺
　　　得稀微稀微……
山東仔：我也覺得……開心過後，特別寂寞……
阿秀：（看著奶瓶）要拿個紅包給小孩，這樣推來推去……
　　　推到連這個東西掉在桌下都沒看到……

山東仔：（拿過奶瓶聞了聞）真好聞……小孩的奶香……真
好聞……（把奶瓶拿來吸，阿秀搶過去）

阿秀：拜託喲，你是還沒老哦……（把奶嘴在衣服上擦了
擦）

山東仔：開心嘛……

阿秀：你也不是她的誰……你跟人家開心什麼？

山東仔：哪不開心啊……想當初……那樣的折騰……現在，
你看，小倆口安安穩穩過生活……有小孩……日子
有指望……多好！誰不替他們高興？

阿秀：說得也是啦……世界上好在還有阿嘉這種男人……古
意到讓你會捨不得……怕自己會大小心……寧願自己
的不生……啊……也是有這種男人啦！（拿奶瓶做餵
小孩吃奶狀）

山東仔：知道了吧……男人也不是每個都是「畜生」……
（看阿秀那樣子，想了一下說）幾歲的人了，還扮
家家酒，要的話，不會自己生一個……我跟你一起
養……

阿秀：跟我一起養？你以為養豬哦？一起養，養到過年一起
殺，殺一殺一起分豬肉哦？小孩，這世人免想了啦！
註生娘娘給我的配額我早就用光了……不會生啦！

山東仔：……那一起過生活總可以吧？……兩個人總比一個
人好過……別地不說，就說我們每天買的蔥吧……

你看哦……你買五斤二十塊，我也買五斤二十塊，
咱倆如果合起來買，至少可以殺他個四五塊……你
看，一天四五塊，一個月就是百來塊……一年就是
……

阿秀：山東仔……你的意思我知啦……人總是要有一個寄望
定下來才會心安……不但是你，我也一樣……不過現
在不要想那麼多啦……阿國才過世沒多久……就算沒
緣分……至少也有情分……我們以後的事以後想……
一切隨緣也比較沒負擔……對否？……不過……你若
再去華西街過夜，拜託咧，不要故意在我面前打蛋攪
牛奶……老實跟你講，老娘會吃醋也會煩……（平交
道警示器聲音響起。聲音逐漸淡出，燈漸暗）。

山東仔：那……我跟阿嘉一樣……去綁起來……

阿秀：綁你個頭啦……人家在綁什麼你知道嗎……

火車聲音起。

燈暗。

第十一場 重生

我就像剛出生，明天一到，
我就像小孩剛會走路……每一步都是新的開始，
四處都有趣……

牢房

燈漸亮。

牢友依然在打坐，阿榮在整理一大堆信件，放下信，低頭有點憂傷地若有所思。

牢友：（安靜地開口）你有算過……你在這裡總共住了多久？

阿榮：……到明天……剛好九年三個月又十天……

牢友：啊信總共收到幾張？

阿榮：兩百三十七張……

牢友：有情啦……算一算，一個月至少還想你兩次！不像我，沒人聞問。

阿榮：你……曾怨嘆過嗎？

牢友：你有夠傻呢……無情反而沒負擔，有啥可以怨嘆？

阿榮：無情沒負擔……這樣講好像有道理呢……最近我常常眠夢到出去了後，阿玲已經變了樣子……她夜間部大學都已經讀完了……現在又在報社工作……啊我什麼都沒，什麼都不會……

牢友：你若這樣想……是自己在鑽牛角尖！我都想說……啊，我實在真好運，活到這個年紀，很多人已經吃飽在等死……啊我就像剛出生，明天一到，我就像小孩剛會走路……每一步都是新的開始，四處都有趣……愛情也一樣，要是遇到一個喜歡的女人……啊！真

好！又是初戀……（阿榮沒說話，低頭想什麼，音樂淡入）不過……沒有你在身邊……可能會有點不習慣……當初，他們找一個殺人犯跟我一起住，說這樣才會把我嚇乖，以後信就不敢到處亂寫……沒想到……現在……我看你反而像在看自己的兒子……這輩子，我跟三個兒子講的話……加起來……也沒跟你講的多……

阿榮：若沒棄嫌……你可以把我當作你的兒子……我認你做阿爸啊……只是你也知道，我很憨慢，以後不一定能為你做什麼……不過，你若無伴的時候，只要喊一聲，再遠……我也會趕到你身邊……

牢友：隨緣啦，阿榮，我們隨緣比較沒負擔……（安靜的兩人，一陣子沉默過後）不過為了感謝你的有心，我最後教你一課……要注意哦，明天若出門……心裡再歡喜……嘴也不能笑！

阿榮：怎麼說？

牢友：（小聲）因為是總統死，現在換他兒子要登基，有特赦，是顯示慈悲。所以你明天千萬不能笑到嘴巴裂開開，不然他們會把你抓返回來再關你一次！

燈暗。
音樂延續。火車聲音。

第十二場　寄望

若沒你這樣寫信騙我九年……我要用什麼寄望活下來？
九年呢，是什麼樣的朋友才有這種意志……
才有這種用心……

60年代晚期　回憶場景

燈慢慢亮。火車聲音慢慢消失。

剪影，阿榮提著簡單行李，慢慢走進麵攤。

山東仔和阿秀迎了過去，熱切地擁抱，彼此交談著什麼。

阿榮、阿生的燈區亮了起來。阿榮繼續講話，一如看著過去。

阿榮慢慢吐著煙，想到什麼似地苦笑起來。

阿榮：……我那個乾爸爸真正有智慧……真的！就親像他講
　　　的那樣……我出獄第一天來到這裡的時候，才知道過
　　　去的一切都是空，自己真的就像剛出世……那天才知
　　　道……阿玲早就嫁給阿嘉、早就當媽媽了……我一下
　　　子就想到會替她寫信給我的一定是你……才了解說，
　　　難怪寄信的住址都是郵政信箱號碼，還騙我說常常搬
　　　家搬來搬去不方便，其實，可能是你怕人懷疑說，寫
　　　給女人的信，哪會都是你在收……我本來很生氣……
　　　想說，朋友為什麼要這樣相瞞相騙……不過，再一想
　　　……不騙你……我眼淚馬上流下來……想說若沒你這
　　　樣寫信騙我九年……我要用什麼寄望活下來？九年
　　　呢，是什麼樣的朋友才有這種意志……才有這種用心
　　　……

阿生：也不要把我想得那麼偉大啦……你就把那些信當成是
　　　我青春的日記……當時，我只是把自己當作是阿玲，
　　　過一陣子，就把自己的遭遇……自己的心情講給你聽

　　　　……然後把你的回信，當作是一種排解……唯一沒讓

　　　　你知道的是……我那些沒頭沒尾的戀愛……

阿榮：有一件事情……我常常在想……也想說，有一天若見

　　　　到你……一定要問你……雖然已經沒什麼意義……

阿生：啥？

阿榮：你……有愛過阿玲沒？

音樂起。阿生看著阿榮苦苦地笑了起來，然後慢慢低下頭。

音樂進行中，燈漸暗。下黑紗，進阿玲麵攤景。

第十三場　回憶

阿玲麵攤

那一晚⋯⋯我感覺⋯⋯我已經老了⋯⋯所有對青春的期待跟想像⋯⋯
都沒了⋯⋯就這樣結束了⋯⋯

已經中年的阿玲在麵攤切一小碟魯菜給客人，另一個客人吃完
麵要結帳。

客人：頭家娘，多少？

阿玲：（過來約略算一下）七十六，算你七十就好啦！

客人：不好意思啦……啊你們家左手仔最近怎都沒看到？

阿玲：他現在都去照顧車站旁邊那間啦！

客人：啊？開分店哦？台灣錢都讓你夫妻賺光光了啊！

阿玲：別這樣講啦，都是你們捧場的啦……再來啦！

客人走後，背著電腦包的阿生進來，他一邊翻著手上的報紙，
阿玲招呼。

阿玲：坐啦，吃麵吃飯！裡面坐。

阿生抬頭看到阿玲，他有點呆住。

阿玲：　（笑笑地，好像沒認出阿生似的熱心招呼，擦桌子讓
　　　　阿生坐下）坐啦！（阿生坐下來）啊……要吃什麼？

阿生：嗯……滷肉飯就好，啊……豬血湯……

阿玲：好，隨來！

阿玲沒抬頭，快速地忙碌著。另一個客人過來付帳，阿生偷偷看她忙碌著。阿玲看到阿生看她，也只是笑笑說：「等下馬上好！」

阿生連忙低頭。她弄好阿生的東西，端過來，裡頭多了兩樣小菜。

阿生：（看著端來的東西，尷尬地說）不好意思⋯⋯我沒點小菜呢⋯⋯

阿玲：老朋友了⋯⋯請你一下不行嗎？

阿生呆住。音樂起。
阿玲放好轉身走人，阿生才緩緩地站了起來。

阿生：阿玲⋯⋯

阿玲：（慢慢轉身，笑笑地）我才在想說，你到底要忍到什麼時候才會叫我的名字⋯⋯你剛才走過來的時候⋯⋯就已經認出我了不是嗎？

阿生：不好意思⋯⋯

阿玲：你不好意思什麼？阿生⋯⋯你怎麼一輩子人都這麼客氣⋯⋯這麼沒膽？你是對別人都這樣⋯⋯或是⋯⋯只有對我？（阿生沒說話）你不要誤會⋯⋯我沒有責備你的意思，也沒有什麼資格去責備你⋯⋯只是⋯⋯有

時想起少年時代一些過去……我都會想說，有一天若
有緣再遇到你……我一定要問你……聽聽你會怎麼說
……

阿生：我……跟你不同……我這輩子最怕的事情，就是再遇
到你……

阿玲：你怕什麼？是我欠你，還是……你有欠我啥？

阿生：（遲疑沉默了一下子）……「看你的信……我很快
樂」……你記得你這樣講過否？

阿玲：哪會忘記？……那是我人生第一次也是最後一次……
用最大的勇氣……跟一個男生表示我的心意……之
後，就永遠不曾有過那種驚惶又歡喜，心內又酸又甜
的感覺了……

阿生：講那句話的時候……你的表情跟你的聲音……好像是
我人生唯一記得的事……但是，自從那一晚，你來問
我跟阿嘉……說你懷孕了……有誰肯娶你……我竟然
不敢開口……那晚之後，我就好像一下子老去了……
好像就沒有什麼事情值得去記了……

阿玲：說來……對阿嘉很不公平……不過，我承認……那個
時候……我心裡最期待的也是你……就跟你說的一樣
……那一晚，我從你們的房間走下來的時候……我感
覺……已經老了……所有對青春的期待跟想像……都
沒了……就這樣結束了……

阿生：不過……你知道嗎，那晚……也是我這輩子最痛苦的
　　　時候……

阿玲：我了解……不過當然要經過很多年之後我才了解……
　　　了解說，世間竟然有你這種這麼傻的人……記得有一
　　　年……我去看阿姨……她跟我講阿榮回來了……說他
　　　被關之後，有人用我的名字，給他寫信，一寫就九年
　　　多……一直跟他講……我在等他回來。其實阿姨還沒
　　　講完，我就知道那一定是你……是你……所以那一
　　　晚，你才會不敢開口……我唯一不了解的是……你們
　　　男人到底是怎樣？連你所愛的人……也可以這樣相讓
　　　嗎？

阿生：……這都過去了……這輩子有你那一句話，跟那時候
　　　的表情可以想……就像自己也已經有過一次愛情……
　　　這樣就好了，其他的都把它放在心裡。不過，我承認
　　　對別的女人……比較不公平吧，因為……一旦把全部
　　　的……愛，放在你這裡之後……我可以給別人的……
　　　都是闌珊的……

阿玲：阿生……你要不要聽我說一句話？……這輩子你沒欠
　　　誰……你最虧欠的……是你自己……

音樂推高。

燈漸暗。

第十四場　團圓

在我人生最孤單最寂寞的時候……竟然有那麼多個人眞心在愛我……
跟別的女人比起來……這輩子……我應該夠滿足夠幸福的了……

麵攤

平交道聲音淡入。

火車聲音大作。

燈亮，同十二場的場景。連接十二場過來的情緒。

背景中，山東仔和阿秀正給阿榮吃豬腳麵線。然後，阿秀跟阿
榮講些什麼，往鐵工廠走過去。山東仔要跟，被阿秀推走。在
火車的聲音中，阿生好像在低頭說些什麼。然後火車聲音過
後，他只是跟阿榮笑著。

阿榮：……你剛才到底是說有愛或是沒愛阿玲……剛好有火
　　　車經過，我沒聽清楚……不過，不知道好像也比較好
　　　……我記得在監獄裡的時候看過一本書……整本都是
　　　在教人家怎樣做好人……我整本讀到透，不過，現在
　　　整本都忘光光，只有一句……

稍微有印象說：時間，是治療傷痛的一帖良藥。這句
話是真的……要不是看到電視新聞，一切都重新想起
來……連出獄那天，頭家娘跟我講過的一個秘密……
二十多年來，我好像也已經都忘了……（底下的話繼
續講，隨著燈熄，變成O.S.效果）那天……我記得該
講的話講了，豬腳麵線也吃了，頭家娘叫我跟她進去
裡面，說……有話要跟我講。她拿了一本郵局的存款
簿給我看，說，那是九年來……她替我存的錢……我
不跟她拿，她很生氣……

音樂起，燈漸暗。
阿國房間燈慢慢亮起，阿秀帶阿榮進房間，只是門沒關上。阿
秀從抽屜翻出一本郵局存款簿和印章給阿榮，跟他說什麼，阿
榮拒絕。

阿秀：　（稍大聲）阿榮，你若不拿，我一輩子都不會心安……
　　　　（阿榮楞楞地接住）你應該還記得這間房間……九年
　　　　來……這間房間我沒改修，雖然……阿國剛死的時候
　　　　……在這裡睡，我稍微會害怕……不過九年來，我每
　　　　晚都睡在這裡……你知道爲什麼嗎？因爲這樣，我才
　　　　會覺得自己是跟你一起在坐監。因爲……若照天理，
　　　　應該去坐監的……其實是我。阿榮……難道你不覺
　　　　得，那一晚，阿國是軟綿綿躺在這裡讓你殺？我記得
　　　　……那天早上，你問我說，我不怕阿國以後還會欺侮
　　　　阿玲嗎？我跟你說，不會，我有我的辦法……那時，
　　　　其實我已經決定要跟他一起死，要用同一把刀……割
　　　　他順便割自己。那晚……我把我剩下的安眠藥都摻在
　　　　燒酒瓶子裡，他傻傻地喝地喝攏不知……我等他睡著
　　　　之後，去洗身軀……換衫，然後，去外頭跟我阿姊燒
　　　　香，我跟她說，阿姊，我沒把你的女兒照顧好……你
　　　　等我一下，我馬上會去你的面前跟你表歉意，跟你賠
　　　　罪……哪知道……我一進房間……你已經站在這裡，
　　　　全身都是血……這些事情……我心裡放了九年……今
　　　　天可以跟你當面講出來……就像你被關久了終於有出
　　　　獄的一天一般，現在我……也出獄了……

燈漸暗。

山東仔：（O.S.）喂……我可以進去嗎？你們在幹什麼……
　　　　這麼久……

阿秀：你管我……我在打蛋攪牛奶給阿榮吃啦……不行哦？

音樂拉高。撤阿國房間。

燈漸亮。望著剛剛阿國房間方向的兩人。

平交道聲音起。火車聲。公然換景，回2000年場景。

阿生：這個地方實在很奇怪，每天人來人去，變來變去……
　　　　無論你是一直住在這裡，或是住一陣子就離開……會
　　　　記得的……好像只有一些人和一些事……其他的，就
　　　　像布景……似乎永遠都很陌生……沒感情。

阿榮：……我也有這種感覺，要不是有一些人一些事情可以
　　　　讓你想，這個城市對我來講……好像沒什麼意義……

然後，他們看到中年的阿玲、兒子和山東仔、阿秀一起出現。

兒子推著一個小推車，上面是一堆折著的紙箱。兩個人站起

來。

山東仔：那誰啊……

阿秀：啊……阿生和阿榮啦……

人間條件 3123

阿玲先走過來，久久地抱著阿榮。然後看著阿生。阿生把他們
兩個都抱起來。

山東仔推著阿秀過來，山東仔也一樣抱著他們說：「開心啊！
還能活著看到你們……你看……」

兩人蹲下，阿秀憐惜地摸摸他們。

阿秀：你們……哪會來？

阿榮：……昨天看到電視……想說，我住鄉下，房子還算
　　　大，你們如果不嫌棄，想帶你們來一起住……

阿秀：你們都這麼有心…阿玲也是說……用拖的都要把我們
　　　拖到她那兒……

阿榮：我的情敵阿嘉呢？怎沒跟你來？

阿玲：（輕輕拍他一下）他要做生意……走不開……我兒子
載我來（拉過兒子，跟兩人說）這個啦……很臭老，
跟他出去，常常有人說，他是我哥哥……三十多了，
還不娶……（兩人注視著他，跟他握手）

山東仔：你們說說話啊……我們去收拾收拾……不走哦……
不許走……弄完了，我燒幾道大菜，咱們喝他幾
杯……好好說說話，要有警察來，你們先幫我擋一
下！

人間條件 3 125

山東仔推阿秀進去，阿秀一邊說：「你喝個什麼啦……血壓自
己都不顧……吃個藥也要像小孩一樣用騙的……」

兒子：（跟阿玲說）我去幫姨婆忙……（朝阿榮、阿生點頭
　　　致意後，進去）

三個人看著他的背影。

阿玲：跟他……很像哦……不過他很乖很不同……我跟阿嘉
　　　雖然比較憨慢，不過總是照當初的願望……把他養大
　　　……他小的時候我常常帶他來看阿姨……阿姨若看到
　　　他就會流淚……山東仔有一次就跟我說，無論怎樣，
　　　阿姨心裡對阿國總是有情分……看到就會想……之後
　　　……我就比較少帶他來了……我也會想呢……何況我
　　　是每天看到他……不過，我想的不同……我想的……
　　　是這個所在……是你們，想說……在我人生最孤單最
　　　寂寞的時候……竟然有那麼多個人真心在愛我……跟
　　　別的女人比起來……這輩子……我應該夠滿足夠幸福
　　　的了……

阿秀：（從裡頭自己移動輪椅出來，手裡抓著小收音機）阿
　　　生，阿榮……你看我找到啥……你看……

١２٦

阿生：（看著，給阿榮看）記得嗎？以前，頭家娘怕我們無
　　　聊，放在我們房間的radio啊……

阿秀：你走的時候留在房間，之後我到處丟，都忘記丟在哪
　　　……啊這麼剛好……今天自己跑出來了……山東仔電
　　　池把它裝一裝，竟然還會響呢……

阿榮拿起來打開，轉來轉去，音效出，然後聽見「台北上午零
時」的聲音，阿榮不再換頻道了，聽了一下，把聲音轉大，略
笑地看看大家，然後把它放在桌子上。

大夥聽著，小聲地跟唱，先是阿榮，然後阿生、阿玲跟著唱。

收音機歌聲慢慢拉大，燈慢慢暗，裡頭走出捧著紙箱的山東仔
和兒子，站在那兒看著。

歌聲延續。

燈暗。

劇終。

演職人員總表

編劇、導演：吳念眞
副導演：李明澤

舞台設計：曾蘇銘
燈光設計：李俊餘
服裝設計：任淑琴
音樂設計：聶琳
排練助理：鄭凱云、廖君茲
舞台監督：鐘崇仁
舞台技術指導：陳威宇
舞台布景製作：林金龍、風之藝術工作室
燈光暨舞台工作人員：風之藝術工作室
音響執行：陳欣岑
燈光工程：聚光工作坊
音響工程：穩立音響
梳化妝：洪沁怡、陳美雪

創意顧問：吳靜吉
藝術監督：吳念眞、柯一正
製作人：李永豐
團長：羅北安
行政總監：汪 虹
劇團經理：吳怡毅
行政主任：江宜眞
行銷組長：李彥祥
藝術行政：周佳燕、林時聿
製作助理：朱張順

演出人員

黃韻玲　飾　阿玲
林美秀　飾　阿秀
柯一正　飾　牢友
羅北安　飾　山東仔
李永豐　飾　阿國
任建誠　飾　中年阿嘉
楊士平　飾　中年阿生
陳竹昇　飾　阿生
林木榮　飾　阿榮
林聖加　飾　阿嘉
吳念眞　飾　水電工
鄭凱云、廖君茲、藍忠文　飾　群眾及麵攤客人等

特別客串演出：
高志鵬　飾　阿玲之子

劇團簡介

　　我們不斷為了製作好戲而努力，我們曾經束手無策，也曾經沮喪失落，但是咬著牙從來不願放棄，於是，在一次次尋找新方法、嘗試新創作的過程中，我們看到又一齣好戲被完成，我們看到觀眾用力鼓掌的激動情緒，我們看到密密麻麻寫滿感動心情的問卷，我們看到大家一次次再回到劇場欣賞我們的演出。

　　我們始終相信，在劇場中，是大家，成就了這充滿希望的綠光。
　　綠光劇團做些什麼演出：

　　綠光劇團，就是要——
　　想辦法散發那驚人的一束希望之光。

中文音樂劇

　　十五年來綠光從最早在國內鼓動原創「中文音樂劇」的製作及演出，到「國民戲劇」新劇種的發起，無不是在尋找最能直接切入人性，溫暖人心的戲劇作品與演出形式。
從早期創團的音樂劇《領帶與高跟鞋》寫下國內音樂劇演出場次最多的紀錄，改編自元雜劇的《都是當兵惹的禍》寫下國內音樂劇首度海外授權演出紀錄，以及寫下國家劇院音樂劇售票紀錄——上線兩週銷售一空紀錄的《結婚？結昏！》，到近期向經典學習的《月亮在我家》(The Fantastics)、《女人要愛不要懂》（The Merry Widow），綠光以不同類型的音樂劇創作再再挑戰自我，也為國內音樂劇界提出最優質與多變的音樂劇劇目。

國民戲劇

　　引燃國內音樂劇熱潮後，綠光將創作觸角回歸戲劇的本質，在2000年邀請國內最貼近民眾生活的創意大師——吳念真先生加入綠光，於2001年推出《人

130

間條件》。由於吳念眞深刻動人的劇本架構及生活化的導演手法，被許多媒體封上「國民戲劇」稱號，以代表此劇貼近一般國民眞實的生活感動普羅大眾。《人間條件》兩年三次在國家劇院加演，並在全省大小鄉鎮及校園巡演不斷；2006年春，《人間條件2——她與她生命中的男人們》也以北中南三地巡演十八場，平均票房達96％。在觀眾好評不斷之下，2007年北中南再加演12場，延續《人間條件》的「滿懷幸福感動離開劇場」的國民戲劇風格。

　　2007年歲末，吳念眞以台灣男性爲出發點，推出《人間條件3——台北上午零時》。故事描寫五〇年代三個北上打工的年輕人，在台北這個都市裡發生著他們的打拚、愛戀與希望，交織出台灣男人的青春夢，深刻的劇情使得許多大男人紛紛落下不輕彈的男兒淚。台北首演前一週就全數售罄，全省票房高達九成六。

世界劇場

　　近年來，新生代的創作者與新成立的劇團，不斷地在推出新作。我們認爲，引進當代世界劇壇的創意新作，讓專業演員可以有好作品得以發揮所長，同時開拓國內觀眾的視野與接觸面，對國內劇場創作環境應是一個正面的刺激。因此，自 2003年起綠光展開「世界劇場」系列的製作，從加拿大Bernard Slade的《明年此時》、William Saroyan的《愛情看守所》、國際劇場大師Peter Brook最新導演鉅作《將你的手放在我的手心》、法國Philippe Minyana《憂鬱的安妮》到美國David Auburn《求證》、Frank D. Gilroy《手牽手紀念日》、美國John Steinbeck《人鼠之間》。我們看到了觀眾對好劇本的渴求；在一次次學院教授、國內劇作家們的好評下，我們看到將觸角延伸出去的必要性。

132

http://www.booklife.com.tw   reader@mail.eurasian.com.tw

圓神文叢 067

人間條件3——台北上午零時

編劇・導演/吳念真
演出・製作/綠光劇團
發 行 人/簡志忠
出 版 者/圓神出版社有限公司
地　　址/台北市南京東路四段50號6樓之1
電　　話/（02）2579-6600・2579-8800・2570-3939
傳　　真/（02）2579-0338・2577-3220・2570-3636
郵撥帳號/18598712　圓神出版社有限公司
總 編 輯/陳秋月
主　　編/沈蕙婷
企畫編輯/陳郁敏
責任編輯/沈蕙婷・連秋香
美術編輯/劉語彤
行銷企畫/吳幸芳・周羿辰
印務統籌/林永潔
監　　印/高榮祥
校　　對/吳念真・李彥祥・連秋香・沈蕙婷
排　　版/莊寶鈴
經 銷 商/叩應股份有限公司
法律顧問/圓神出版事業機構法律顧問　蕭雄淋律師
印　　刷/國碩印前科技公司
2008年5月　初版
2021年7月　12刷

定價 599 元　　　　　ISBN 978-986-133-240-6

每一本書，都是有靈魂的。

這個靈魂，不但是作者的靈魂，

也是曾經讀過這本書，與它一起生活、一起夢想的人留下來的靈魂。

——《風之影》

想擁有圓神、方智、先覺、究竟、如何的閱讀魔力：

◨ 請至鄰近各大書店洽詢選購。

◨ 圓神書活網，24小時訂購服務

　免費加入會員‧享有優惠折扣：www.booklife.com.tw

◨ 郵政劃撥訂購：

　服務專線：02-25798800　讀者服務部

　郵撥帳號及戶名：18598712　圓神出版社有限公司

國家圖書館出版品預行編目資料

人間條件.3, 台北上午零時 / 吳念眞編劇.導演 . -- 初版.
　-- 臺北市：圓神，2008.05
　144面 ；14.8×20.8公分. --（圓神文叢；67）

ISBN：978-986-133-240-6（平裝‧光碟片）

854.6　　　　　　　　　　　　　97004794

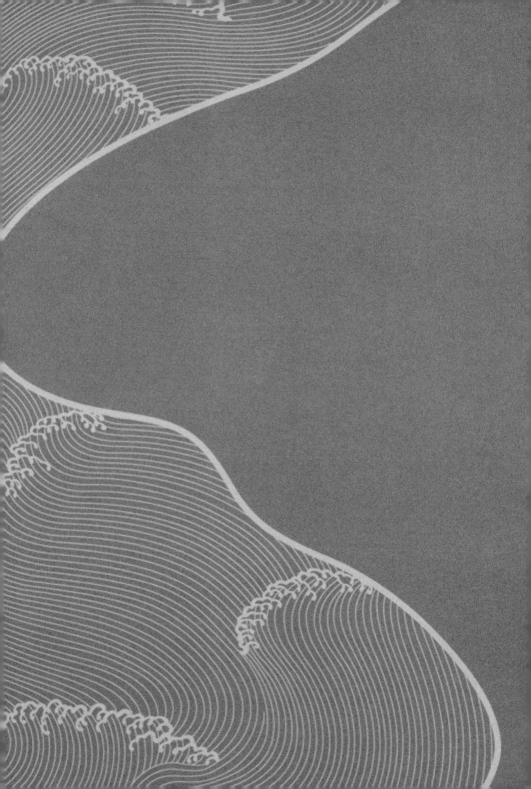

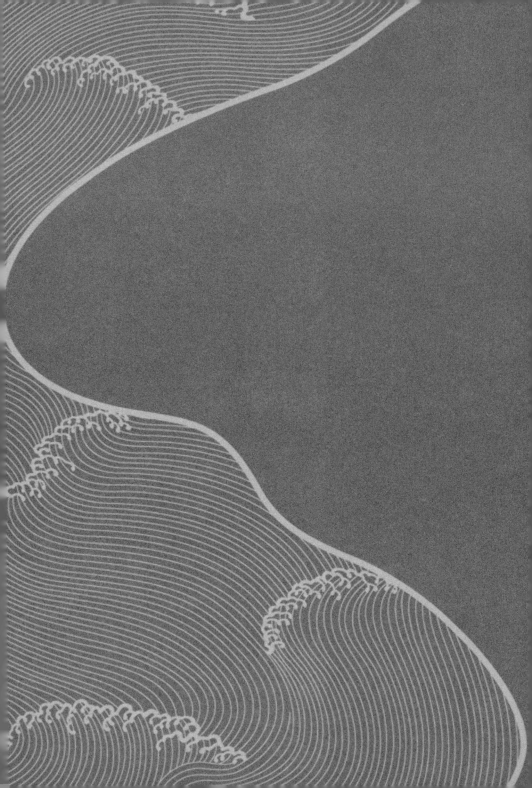

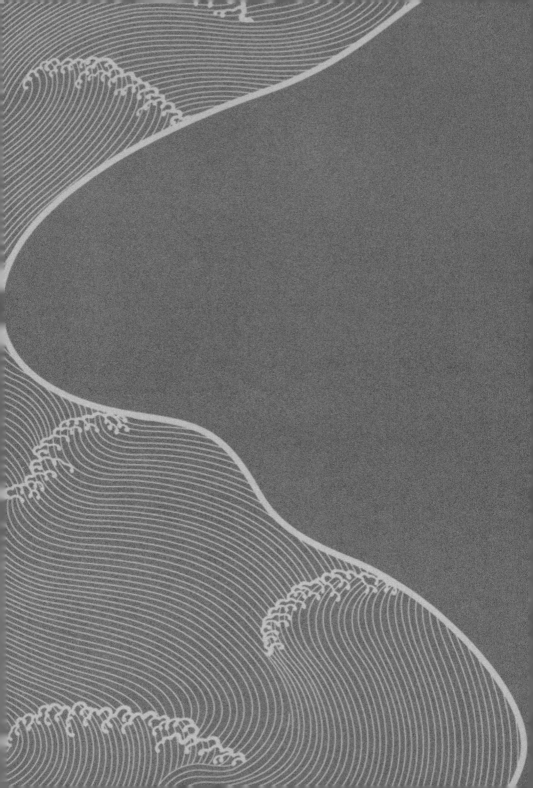